世界最偉大的推銷員
& 神祕羊皮卷

★

奧格·曼迪諾
Og Mandino
著

李怡樺
譯

The Greatest Salesman in the World

謹將此書獻給偉大的推銷員

威廉・克萊門・史東*

他將愛心、同理心，以及獨有的系統性推銷術融合起來，成為一套成功的生活哲學。每年激勵並指導著無數的人們去發掘更大的幸福、健康的身心、平穩的心智和更多的能力與財富。

＊威廉・克萊門・史東（William Clement Stone，1902–2002），美國慈善家、保險公司總裁與個人成長書籍作者。

contents 目次

第一章

令人費解的指令

現在，將我們每一個商場的所有權轉讓給那些經營者。我也希望你給每一位經營者五萬金幣，作為他們這麼多年以來對我忠心耿耿的獎賞……

哈菲德在青銅鏡前徘徊，端詳著擦亮的鏡子中的自己。

「只有雙眼和年輕時一樣。」他轉身走開同時喃喃自語，慢慢地走過寬敞的大理石地板。他走在支撐天花板那些金銀交輝的黑瑪瑙柱子之間，拖著年邁的步伐，走過幾張以絲柏木與象牙雕刻的桌子。

沙發閃著龜甲的微光，鑲嵌著寶石的牆面上，因著精心設計的錦緞而閃閃發光。古銅花盆裡，高大的棕櫚樹靜靜地成長，圍繞著細白的女神雕像守護的噴泉，鑲滿寶石的花盆與其中的花兒爭相鬥豔。去過哈菲德宮殿般居所的訪客，沒有人會懷疑他是個鉅富。

這位老者穿過一座有圍牆的花園，走入距離豪宅約莫五百步距離的倉庫。他的總管伊拉斯姆斯站在入口處，猶豫地等著他。

「閣下，您好！」

哈菲德只是點點頭，繼續走著。伊拉斯姆斯一臉疑惑地跟著主人，不明白為什麼要在倉庫跟他會面。他們走近裝載平臺停下，哈菲德看著貨物從馬車上被搬下來，並且分門別類地放好。

這些貨物包括小亞細亞的羊毛、高級織品、羊皮紙、蜂蜜、地毯、油品，本國生產的玻璃、無花果、堅果、香精，以及帕邁拉[1]的布料與藥品；從阿拉伯來的生薑、肉桂和寶石，埃及的玉米、紙材、花崗岩、雪花石膏和玄武岩，還有巴比倫來的掛毯、羅馬來的畫作以及希臘的雕像。即使空氣中蔓延著濃濃的香精氣味，老哈菲德的敏銳嗅覺仍聞到甜李、蘋果、起司和薑的味道。

終於，他轉向伊拉斯姆斯，說：「老朋友，目前財庫裡有多少金幣？」

伊拉斯姆斯臉一沉：「主人，您是指所有的？」

「所有的。」

「我最近沒有計算，但預估總額有七百萬金幣以上。」

「那麼，目前倉庫和商場裡所有貨物價值多少金幣？」

「閣下，這一季的貨物尚未盤點，不過我想至少也有三百萬金幣。」

哈菲德點點頭，說：「現在起停止進貨，立刻規畫好把所有屬於我的東西賣掉，全都換成金幣！」

1 帕邁拉(Palmyra)是位於現今敘利亞中部的一個古代城市。

總管聽得瞠目結舌，說不出一句話。他好像被人襲擊般的往後退了幾步，過了一會兒才好不容易說：「閣下，我不懂，今年是我們獲利最多的一年，每間商場都回報前一季的銷售額增加了。甚至羅馬軍方都成為我們的客戶；您不是在兩週內賣給耶路撒冷的財政官員兩百匹阿拉伯種馬嗎？請您原諒，我很少對您的指令存疑，但這一次我實在無法理解……」

哈菲德露出微笑，輕輕地抓著伊拉斯姆斯的雙手，說：「我信任的夥伴，你還記不記得，多年前你到任時收到的第一個指令？」

伊拉斯姆斯皺起眉頭一會兒，然後慢慢燦笑起來：「我很激賞您每一年將總收入的一半用來幫助窮人家。」

「你當時不覺得我是個很愚蠢的生意人嗎？」

「我當時確實有點擔心，閣下。」

哈菲德點了點頭，將雙手伸出朝向裝載平臺，說：「你現在是否承認那時的擔心是多餘的？」

「是的，閣下。」

「那麼，我要鼓勵你對此事保有信心，在我向你解釋我的計畫之前維持這個做法。我已年邁，生活所需簡單。自從我摯愛的麗莎在我們幸福生活多年，卻永遠地離開我之後，我就很希望能用我的財富幫助這個城市的窮人，而我自己只需要留著餘生所需，不致生活陷入困難即可。現在，除了倉庫裡的貨物之外，我希望你能準備需要的文件，將我們每一個商場的所有權轉讓給那些經營者。我也希望你給每一位經營者五萬金幣，作為他們這麼多年以來對我忠心耿耿的獎賞，也好讓他們得以販售自己喜歡的商品。」

伊拉斯姆斯想要開口，哈菲德卻揮了揮手阻止他說話：「這樣的分配方式似乎讓你很不高興？」

老總管搖搖頭，嘗試擠出一點笑容：「不是的，閣下！我只是不懂您心裡在盤算什麼……這些話在我聽起來很像在交代遺言。」

「這就是你的個性，伊拉斯姆斯，你應該多為自己著想，而不是為我著想。你有沒有為自己想過未來，若我們的商業王國崩塌了，你要怎麼辦？」

「我們已經合作了這麼多年，現在我怎麼能夠只為自己著想？」

哈菲德擁抱他的老夥伴：「你不必這樣想，現在我要求你立刻轉移五萬金幣到你的名下，同時也請求你繼續跟我合作，直到我很久以前許下的諾言成真為止。當那個諾言完成時，我會將這座豪宅及倉庫留給你，因為我那時將會與麗莎再度相會！」

老總管睜大眼睛看著他的主人，不敢相信自己的耳朵：「五萬金幣、豪宅、倉庫……我不配得到這些啊！」

哈菲德點了點頭：「我向來把你對我的友誼看作是我最大的資產，如今我所留給你的，之於你無止盡的忠誠真的微不足道。你很熟悉生命的藝術，不只是為你自己，也是為著他人，這正是你與眾不同的地方。現在，我要你盡速完成我的計畫。如今，時間是我所擁有最珍貴的資產，我生命的沙漏已經日漸漏盡。」

伊拉斯姆斯轉過頭去，不讓主人看見他的淚水在眼眶打轉。他哽咽地問道：「請問您的計畫是什麼呢？即使我們像家人般的共處，卻從未聽您提過這件事。」

哈菲德雙手抱在胸前，微笑著說：「等你把今早我指示你的事情做完之後，我會再跟你見面，那時我會告訴你一個我從未告訴別人的祕密，只有麗莎知道這個祕密，至今三十年過去了。」

第二章

神祕的木盒和羊皮卷

即便閃耀的鑽石充滿了這間房間，其價值也無法超越你現在所眼見的木盒。我擁有的所有成功、幸福、愛、平靜以及財富，都源自於這幾張羊皮卷裡的內容。

就這樣，一輛守衛森嚴的有蓬馬車從大馬士革[1]出發了，車上載滿了商場所有權狀和金幣，準備要分配給每一位管理哈菲德商業王國的經營者。從約帕[2]的奧貝德到佩特拉[3]的盧艾爾，十位經營者聽聞哈菲德為他們準備的禮物，以及他快要退休的消息時，都非常吃驚且說不出一句話來。這支商隊走到最後一站安提帕底[4]之後，它的任務就完成了。

從此，最龐大有力的商業帝國不復存在。

伊拉斯姆斯內心充滿了悲傷，他派人回報主人，倉庫已經清空，各大商場已不見哈菲德商業王國那榮耀的旗幟。報信者回到伊拉斯姆斯面前，並告訴他哈菲德要求他立刻到中庭的噴泉旁見面。

哈菲德仔細地端詳老朋友的臉，問道：「事情都辦完了嗎？」

「都辦完了。」

「不要難過，親愛的朋友，跟我來。」

當哈菲德帶著伊拉斯姆斯走過大理石樓梯之際，只聽見他們的腳步聲迴盪在大廳裡。哈菲德走近一個放在檸檬木製高架上的穆拉諾玻璃花瓶時，放緩了腳步，欣賞著陽光將花瓶從白色變成紫色，他那蒼老的臉龐露出了笑容。

當這兩位老朋友爬上大廳裡通往圓頂閣樓的樓梯時，伊拉斯姆斯注意到那位總是站在樓梯旁的武裝守衛，已經不在那裡。他們兩人好不容易爬到了樓梯平臺，停下來休息一下，因為他們已經累得喘不過氣。休息夠了，他們就繼續往上爬樓梯，到達第二個樓梯平臺時，哈菲德從腰帶上取下一隻小鑰匙，打開一道沉重的橡木門，他用自己的身體頂開門扇，使得這扇門嘎嘎作響。伊拉斯姆斯站在門口猶豫不前，直到他的主人招手讓他進來，他便小心翼翼地走進房間。過去三十多年裡，沒有人可以進入這間房間。

從上方塔頂射入一道滿是塵埃的灰色光線，伊拉斯姆斯攙扶著哈菲德的

1 大馬士革是敘利亞首都，是現今世界最古老的首都之一。
2 約帕(Joppa)是以色列城市雅法（Jaffa）出現在聖經中的名字。
3 佩特拉(Petra)是位在約旦的一座古城。
4 安提帕底（Antipatris）是西元前一世紀的一座城市，其遺址在現今以色列的特拉費克（Tel Afek）國家公園內。

手臂，直到他適應了這個房間的灰暗光線。哈菲德臉上出現一抹微笑，他看著伊拉斯姆斯並且慢慢地轉向另一個空蕩蕩的房間，房裡只有一個放在角落的小型雪松木盒子，被一束日光照射著。

「伊拉斯姆斯，只有一個小木盒，你不覺得失望嗎？」

「閣下，我不知道該說些什麼。」

「難道你看到這寒酸的陳設不覺得悵然？的確，多年以來人們對這個房間充滿了好奇與談論。而你內心對於這間房裡放些什麼神祕的東西，以及我森嚴管制這麼久的原因，不覺得很好奇嗎？」

伊拉斯姆斯點點頭：「這倒是真的，這些年來很多人議論紛紛、謠言四起，想知道您到底在塔上這間房裡藏了些什麼東西。」

「是，我的老朋友，那些流言蜚語我都聽過了。有人說這裡放了很多桶鑽石和金塊，也有人說是野生動物或稀有品種的鳥。還曾有一位波斯地毯商在我背後暗示地說，搞不好我在這裡建立了一座後宮！麗莎聽見別人揣測我有三妻四妾時不禁笑了出來。然而，就如你所看到的，這裡除了一個小盒子外，什麼都沒有。現在，你可以靠過來一點。」

這兩個男人蹲在小盒子旁邊，哈菲德小心地解開綑紮著小盒子的皮帶。他深深地吸了一口從木盒發出的雪松香氣，然後壓按盒蓋，盒蓋一下就彈開了。伊拉斯姆斯傾身過去，目光越過哈菲德的肩膀落在木盒內的東西。然後，他看著哈菲德，且困惑地搖了搖頭；裡頭什麼都沒有，只有卷軸……一些羊皮卷。

哈菲德將手伸進去並輕輕地取出一卷羊皮卷，將它緊緊地抱在胸前，閉上雙眼。他的面容顯得相當平靜，歲月留在臉上的痕跡似乎一抹而空。然後，他緩身站起，並指著那個木盒。

「即便閃耀的鑽石充滿了這間房間，其價值也無法超越你現在所眼見的木盒。我擁有的所有成功、幸福、愛、平靜以及財富，都源自於這幾張羊皮卷裡的內容。我想，我欠它的和那位將它們託付給我的智者的恩情，是永遠沒有機會回報了！」

伊拉斯姆斯因哈菲德說的話和語氣震驚不已，不禁後退了幾步，問道：「難道這就是您所說的祕密嗎？這個木盒的內容正是您希望兌現的諾言嗎？」

「你這兩個問題的答案都是肯定的！」

伊拉斯姆斯擦去額頭上的汗珠，不敢置信地看著哈菲德：「這些羊皮卷上到底寫了些什麼，其價值遠超過滿屋鑽石？」

「除了其中一卷之外，每一卷都記載著一個原則、鐵律，或是基本真理，這些都是以獨樹一格的方式書寫於上，以幫助讀者了解其意義。想要掌握銷售的藝術、成為大師級的推銷員，他就必須學習並練習這些羊皮卷裡的訣竅；當他精通這些原則之後，就有能力累積所有他想要的財富。」

伊拉斯姆斯驚訝地望著這些古老的羊皮卷，說：「像您一樣富有嗎？」

「如果他願意遵行這些原則，甚至可以比我更富裕！」

「您剛剛解釋了這些羊皮卷的內容，每一卷都有一項銷售原則，那麼，最後一卷的內容是什麼呢？」

「你所謂的最後一卷，其實是第一卷必須閱讀的，因為每一卷都有其編號，需要按照所定的順序來學習。歷史上僅有少數幾位智者能讀懂第一卷裡頭的祕密。事實上，第一卷可以說是閱讀指引，教導讀者學習其他卷軸內容最有效的方式。」

「聽起來好像人人都可以成為銷售大師！」

「確實如此，只要願意付出時間與專注力作為代價，一直到每一個原則內化成為他的品格，同時也成為習以為常的生活態度。」

伊拉斯姆斯將手伸進盒子取出一個羊皮卷，小心翼翼地捧在雙手手心上。他微微搖著卷軸並向哈菲德說道：「主人，請原諒我這樣問，為什麼您不與他人分享這些羊皮卷的內容呢？特別是那些在你的商業王國中長期效力的人？您對人們在所有事情上皆慷慨以待，因何為您工作的所有僱員都沒有機會閱讀這些充滿智慧的內容，使得他們也可以擁有富裕的生活呢？至少，我們所有的推銷員都能因這些極有價值的知識而獲得更高的業績。為什麼您要守著這個祕密這麼多年呢？」

「我別無選擇。多年前，這些羊皮卷交付給我保管時，我發過誓，只能與某一個人分享這些卷軸裡的內容。至今，我尚未弄懂這個奇怪要求的理由。不過，我受命要將這些原則運用在我的生活中，直到一天出現一個人，比當時年輕的我更加需要這些羊皮卷的幫助和引導。我當時被囑咐會有某些兆頭能讓我一眼就認出那個人是誰，我就會將這些羊皮卷軸傳承給他，甚至那個人或許根本不知道自己正在找這些卷軸。

「這些年來我耐心等候，與此同時，我也依約將這些內容運用在生活裡、事業上。如今，我因著這些知識成了許多人口中所謂世界上最偉大的推銷員，就像在那個時代，將羊皮卷傳承給我的人所承載的稱號相同。現在，伊拉斯姆斯，或許你至少能了解這些年來，我有些特殊、對你卻無可理解的行爲，然而最終的結果說明我是對的；我的決定和舉動總是遵循著這些羊皮卷的內容所指引，因此，這些成功並非因我的智慧而賺取這麼多金幣，我只是遵循這些原則的執行者罷了！」

「您仍相信那位將要領受這些羊皮卷的人，在這麼多年之後還是會出現嗎？」

「是的。」

哈菲德小心翼翼地將這些羊皮卷放回木盒並闔上蓋子，他跪在地上，輕聲地問伊拉斯姆斯：

「你會陪著我直到尋得那位傳人的那一天嗎？」

老總管伸出雙手穿過那一束柔光握住哈菲德的手，點了點頭，就像收到主人無言的命令，默默地退出那房間。哈菲德用皮帶再次將木盒子綑好，然後起身走上一個小塔樓。他走出小塔樓，到了外頭環繞著巨大圓頂的平臺。

徐徐微風從東邊吹拂在老人臉頰上，挾帶著前方湖泊和沙漠的氣味。當他站在大馬士革城市最高的屋頂上時，不禁會心微笑，而他的千頭萬緒也回到過去那些往事……

第三章

成為偉大推銷員的夢想

我希望改變自己卑微的人生，與其當一個默默無名的駱駝牧童，我更想成為您的推銷員，能獲得財富與成功。

那是個寒冷的冬天，橄欖山上冷風凜冽。從耶路撒冷城的汲淪谷[1]狹窄的谷地上，傳來陣陣燒香的煙霧，以及在聖殿中焚燒的肉品混雜著山上栗樹的脂油香味。

在一個往下通往貝士佩治村莊的開闊斜坡上，駐紮著一支從帕邁拉來的巴忒羅斯的龐大商隊。時間已經很晚了，即便是這位偉大商人最愛的公馬，也停止吃矮樹上的無花果，靠在柔軟的月桂樹籬歇息了。

長長的一排安靜的帳篷外，一縷縷粗壯的麻繩繞著四棵古老的橄欖樹，形成了一座方形畜欄，裡頭疲憊不堪的駱駝和驢子彼此擠成一堆，相互取暖。只有兩個守衛挨近放行李和貨物的馬車來回巡邏，營隊裡唯一的動態是映在巴忒羅斯的羊毛帳篷布上巨大而搖晃的影子。

巴忒羅斯在他的帳篷裡氣憤地來回踱步，偶爾停下皺著眉頭望向那個怯懦懦跪在靠近帳篷門口的年輕人，並且搖搖頭。終於，巴忒羅斯在那金線編織的地毯上，彎下抱病的身子，揮了揮手要他靠近一點。

「哈菲德，我一向把你當作我親生的兒子，但我今晚對你提出的請求感到為難及困惑。難道你不滿足於現有的工作嗎？」

這個年輕人的雙眼只敢盯著地毯：「不是的，閣下。」

「或是這支日益擴編的商隊，使你照料我們所有動物的工作量加重太多？」

「不是的，閣下。」

「那麼，可以再次詳述你的要求嗎？以及你提出這項不尋常的要求的真正原因。」

「我渴望成為像您這樣做買賣生意的商人，而不只是為您照顧商隊駱駝。我希望自己成為像是哈達、西門、迦勒，以及其他能夠從我們的商隊車上，帶著動物所能承載大批的商品去做買賣，然後為您和他們自己賺取金幣回來的商人。我希望改變自己卑微的人生，與其當一個默默無名的駱駝牧童，我更想成為您的推銷員，獲得財富與成功。」

「你怎麼知道會有這種事情？」

「我經常聽您提到沒有任何其他生意或專業，比推銷員更有機會脫貧致

1 汲淪谷（Kidron Valley）是位在今耶路撒冷老城東北方外的一座山谷。

富。」

巴忒羅斯點點頭，想了一下，繼續問年輕人：「你認為自己有能力像哈達與其他推銷員那樣表現傑出嗎？」

哈菲德直視著這位老者，回答說：「有許多次，我聽見迦勒向您抱怨他運氣不好遇到意外導致銷售不佳，我也聽見您不斷提醒他，只要願意學習並運用銷售的原則和法則，任何人都可以在短時間之內讓貨品完售。若您相信人人稱為傻子的迦勒都可以習得這些原則，那為什麼我就不能學習這些特殊知識呢？」

「如果你真能熟習這些原則，你的人生目標會是什麼？」

哈菲德猶豫了一下，說：「全國所有人都知道您是個偉大的推銷員。世界上沒有任何人像您運用那些神奇的銷售技巧，建立這麼龐大的商業帝國。我的願望是能成為能夠超越您的商人，成為全世界最富有、最偉大的推銷員！」

巴忒羅斯身子往後挪動，端詳著這位膚色黝黑的年輕人，身上的衣物還散發著動物的氣味，但態度卻不是很謙遜。「那麼，你會如何運用這些巨大的財富，以及隨之而來極具影響力的權勢呢？」

「我會做與您相同的事情。我會讓我的家人享受世界上最好的東西，其餘的用來幫助有需要的人。」

巴忒羅斯搖搖頭說道：「孩子啊！握有財富不應成為你人生的目標。當然，你說的話很有說服力，但也僅僅是嘴中的語言；真正的富裕在於心靈層面，不是你的荷包。」

哈菲德堅持地說：「閣下，您確實是荷包滿滿，不是嗎？」

這位老者面對哈菲德的膽識，臉上堆滿了微笑：「哈菲德，就以物質財產來說，在我與希律王宮[2]外最貧窮的乞討者之間僅有一項差別——乞討者只需要擔心下一餐在哪裡，而我卻只是在想：下一餐是不是我的最後一餐。不！孩子！萬不可以只是嚮往致富，努力工作也不僅是為富裕，而是要得到幸福、去愛人與被愛，最重要的是得到內心的平靜安穩。」

---

2 耶路撒冷的希律王宮(Herod's palace)建於公元前一世紀的最後二十五年，由猶太國王希律一世大帝所建造。

哈菲德不放棄地說：「但若沒有錢根本買不到這些東西啊！有誰能在貧窮的生活裡得著平靜安穩的心呢？誰能在餓肚子的時候還感到幸福呢？若無法供應自己的家人吃飽穿暖，又怎麼有能力展現他對家人的愛呢？您自己說過財富是好的，因能為他人帶來快樂；那麼，因何我想以致富作為目標卻不是好的呢？對那些在沙漠中的修道者來說，貧窮或許是一種特權、甚至是一種生活方式，因為他們僅僅需要維持自己一個人的生活，不用供應其他人，只要討神的喜悅便可。但我卻認為貧窮是能力不足或缺乏雄心壯志的標誌，然而我覺得自己並非如此。」

巴忒羅斯皺起眉頭：「有什麼事情讓你突然有了雄心壯志？你剛剛提到需要供應家人，你雙親因瘟疫過世之後，我收養了你，目前除了我，你還沒有其他家人。」

哈菲德那曬得黝黑的臉龐掩蓋不住臉頰上突然泛起的脹紅：「有一次我們在希伯崙[3]紮營，要起行之前，我遇見賈尼的女兒……她……她……」

「喔！喔！這才是實情！是愛情將駱駝牧童變成準備戰鬥的勇敢英雄，而不是什麼偉大的雄心壯志。賈尼是個極為富裕的人，但是，他的女兒跟一個駱駝牧童……?這是不可能的!不過,他的女兒跟一個英俊富有的年輕商人……哈!這又是另一回事了!非常好,我的青年勇士,我會幫助你成為一個成功的推銷員。」

這個年輕人跪了下來、抓住巴忒羅斯的長袍:「閣下!閣下!我不知道如何表達我內心的感謝?」

巴忒羅斯讓年輕人放開緊抓的手,往後退了一步:「我建議你暫時保留謝意,留給我將要送給你的禮物。我能給你的幫助,比起你自己要付上的極大代價而言,不過只是沙塵一粒。」

哈菲德喜悅之情瞬間褪去:「難道你不願意教我成為一個偉大推銷員的原則和法則嗎?」

「不,我不是這個意思。你從小到大,我都沒有寵溺過你。所以我經常被人批評對你太嚴格,竟只讓你當一個駱駝牧童。但是,我相信若你內心

3　希伯侖(Hebron)是位在約旦河西岸的一座巴勒斯坦城市,是猶太教中僅次於耶路撒冷的聖城,也是世界文化遺產之一。

火般的熱情是正確的，終有一天它會顯露出來……到那時，你這麼多年付出的勞苦，必使你成為一個成熟穩重、傑出卓越的男人。我對你今晚提出的請求感到欣悅，你的雄心壯志在眼中閃爍著熱情、從臉上發出炙熱的光芒，這是很值得肯定的，也說明了我的作法是對的。然而，你仍必須加倍努力地證明自己口裡所說的話。」

哈菲德沉默了，老者繼續說道：「首先，你必須向我證明——其實更重要的是對你自己證明，你能夠堅忍地過推銷員的生活，畢竟這不是一個容易的職涯選擇。的確，你經常聽見我談論成功的推銷員總能獲得龐大的報酬，這是由於真正能成功推銷商品的人是少之又少。多數人屈服於失望與失敗，卻沒有認知到其實自己已經擁有所有能獲得鉅富的工具。也有許多人在努力的道路上，遭遇每一個困境之時，總帶著懼怕與懷疑的心去面對，認爲這些困境是他們的敵人；然而，其實這些困境正是他們的好朋友及好幫手。遭逢困境對於成功來說是必要的，正如其他重要的職業，在銷售上的成功是接著許多掙扎和無數的挫折而來的。

「然而，每一次掙扎、每一次挫折，都讓你的技巧和力量往上提升一個層次，磨練你的勇氣、堅忍、能力和自信，如此一來，困境就成了你的戰友，催逼你變得更好……或是受不了而放棄。每一次被拒絕就是逼著你往前進的機會，如果你試圖避免或是逃避，等同於放棄你的未來。」

年輕人點點頭，似乎想說些什麼，但老者揮了揮手，繼續說：

「況且，你要選擇的是世界上最孤獨的行業，即便是最討人厭的稅收員，日落之時也可以回家，甚至羅馬軍隊也有個營區稱為家。但是，你會在許多日落餘暉之時，孤單地接受朋友與家人離你甚遠的現實。而最使人觸景傷情、深感孤單的是，夜晚經過某個家時，看見溫暖的燈光輝映著全家共進晚餐、同享天倫的樣子。

「正是這些時候，誘惑會來到你面前，」巴忒羅斯繼續說：「如何處理這些前來的誘惑，會大大地影響你的事業。當你獨自與駱駝在路途上時，隨之而來的是恐懼與陌生感。我們的願景與信念經常會暫時被遺忘，而變得像一個小孩，內心渴望著獲得安全感與被愛感。這時，用來替代孤獨的事物總是會結束其銷售職涯，其中數以千計的人不乏擁有成為推銷員的卓越潛力。此外，在你的商品滯銷時，沒有人會體諒你或安慰你，除了覬覦你的錢袋之外，可能沒有人會來光顧的。」

「我會謹慎留意您的提醒與警惕。」

「那麼，我們就開始吧！我暫時不會再給你任何忠告。你在我面前就像是一棵幼嫩的無花果樹，直到成熟之前都不能被稱為無花果；同理，在你獲得了知識與經驗之後，才能被稱為推銷員。」

「我該從哪裡開始學習呢？」

「明天早上，你先到管理貨物的西爾維奧那裡報到，他會給你一件由你負責銷售、設計精美、質地精細的無縫長袍——由羊毛編織而成，再大的雨都經得起考驗；而且這件紅色袍子是採用茜草根部作植物染，永不褪色。靠近下襬處，你會看見一顆內縫的星星，那是陀拉的標記，他的工廠能製作全世界最精美的袍子。在星星旁邊的就是我的標記，一個正方形裡頭有個圓圈。全國的人都認識且尊重這兩個標記，我們已經賣出這件袍子數不清的數量。我和猶太人做了很久的生意，他們把這件長袍起名為『阿比亞』。

「明日清晨，你帶著一隻驢子和一件長袍前往伯利恆，我們的商隊到達這裡之前會先經過那個村莊。我們的商隊從未有人去過那個城市，因為他們認為去那裡是在浪費時間，因為那裡的人民很貧窮。不過，很多年前，我在那裡的牧羊人群之中，賣出好幾百件這種袍子。你要待在伯利恆，直到賣掉長袍為止。」

哈菲德點了點頭，徒勞地試圖遮掩他的興奮之情：「主人，請問這件袍子我該賣多少錢呢？」

「我會先用你的名字記一個第納里[4]銀幣在我的帳目，你賣掉長袍回來之後要匯給我一個第納里銀幣，若有多賺的你可以全數留著作為佣金。因此，事實上，你可以自己為這件袍子定價。我建議你去城鎮南口的市場逛逛，或者你也可以考慮去挨家挨戶拜訪，我確定那裡有超過一千戶人家，一定可以賣出一件長袍的，你認為呢？」

哈菲德再次點點頭，他的心早就飛到明天啦！

巴忒羅斯將手輕輕地放在哈菲德的肩膀：「你回來之前，我不會找人頂

4 第納里(denarius)是從公元前二一一年開始鑄造的古羅馬銀幣。

替你原來的工作。如果你發現銷售專業不合你的胃口，我也能夠理解，但你不能覺得羞愧，永遠都不需要為自己的努力感到羞愧，真正羞恥的，是那些根本不去嘗試就不會遭遇失敗的人。你回來之後，我會問你一連串的問題，了解你的心路歷程。這樣，我才能決定該如何幫助你實現你那個奇特的夢想。」

哈菲德鞠了個躬，轉身準備離開，但老者話還沒講完：「孩子，在開始新生活之前，有一句話你一定要記得，這句話能幫助你克服看似絕望的困境；你必然遭遇困難，就像其他懷抱理想的人一樣。」

哈菲德顯出堅定的樣子：「是的，閣下，是哪一句話呢？」

「**若你決心要成功的信念夠強大，失敗永遠無法擊垮你**。」

巴忒羅斯走近這位年輕人：「你完全明白我所說的話的意思嗎？」

「是的，閣下！」

「那把我的話複述一遍給我聽。」

「**若我決心要成功的信念夠強大，失敗永遠無法擊垮我**！」

第四章

首次推銷的挫敗

人們為什麼不想聽我說的話呢？怎麼做才能引起人們的注意呢？為什麼我還說不到五個字，他們就想要把門關上？別人是如何成交，而我卻不能？

哈菲德將吃了一半的麵包擱置一旁，心裡想著自己不幸的命運。

明天就是他待在伯利恆的第四天了，騾子被拴在旅店後面地窖的樁上，而他充滿自信從商隊帶來的那件紅色長袍，仍然放在那隻騾子背上的包袱裡。

他皺著眉頭看著桌上沒吃完的晚餐，耳朵聽不見擠滿人的飯廳裡的吵雜聲，因為每一個推銷員一開始都會遇到的質疑湧上他的心頭：

「人們為什麼不想聽我說的話呢？怎麼做才能引起人們的注意呢？為什麼我還說不到五個字，他們就想要把門關上？他們為什麼對我說的話沒有興趣就轉身離開？難道這裡的人真的都是窮人嗎？當人們說喜歡這件袍子卻買不起時，我還能再如何說服他們？為什麼這麼多人要我過些日子再來？別人是如何成交，而我卻不能？當我走近一戶緊閉門戶的人家時，是什麼樣的恐懼擄掠了我的心？我要如何克服呢？抑或是我比其他人賣得貴呢？」

他搖了搖頭，對自己的失敗覺得厭惡。或許他不適合走這條路，或許他應該乖乖回去當駱駝牧童，每天僅賺取勞力得來的幾個銅板。作為一個推銷員，如果能夠帶著銷售利潤回到商隊，那該有多麼風光！巴忒羅斯會稱呼他什麼？年輕的勇士？他此時多麼希望能立刻帶著騾子和盈利回到商隊啊！

他又想到麗莎和她那位嚴格的父親賈尼，剛剛那些在內心翻騰的疑問立刻一掃而空。他決定今晚仍睡在山洞裡，守好錢袋，明天他就會把袍子賣出去；而且，他也會運用他的口才賣個好價錢。他一大清早就會起床，黎明就要到市場預備好自己的攤位，他會向每一位前來的顧客推銷袍子，他很快就能帶著銀幣和錢袋回到橄欖山了。

他又伸手去拿那一塊還沒吃完的麵包來繼續吃，這時他想到他的主人。巴忒羅斯必然以他為傲，因為他沒有遇到困難就放棄，以失敗者的姿態回來。事實上，用四天只賣掉一件簡單的長袍，時間是稍嫌長了一點。但他知道，若他能在四天內完成交易，就可以從巴忒羅斯那裡學習到如何在三天內、然後是兩天內完成交易。很快的，他就可以成為一個熟悉銷售的推銷員，在一個小時之內可以賣出很多件袍子！那時，他就成為一個備受讚賞的推銷員了。

他離開了吵雜的旅店，往地窖走去要牽騾子。冷冽的空氣使得葉子披上一層霜，他的鞋子踩在上頭走路時，似乎像是抱怨般的發出脆裂聲響。哈菲德決定今晚不回山上睡了，要與他的騾子一起睡在洞穴裡。

他知道明天會是順利的一天，即便他已經知道為什麼推銷員總是會繞過這個不太繁榮的城鎮——他們總是說這裡沒有生意可以做，他每次推銷袍子被拒絕時都會想起他們的話。可是，巴忒羅斯多年前曾在這裡賣出好幾百件長袍，或許時代已經不同，畢竟，巴忒羅斯是一個偉大的推銷員。

他看見洞穴裡有搖曳的燈光，他加快了腳步，生怕有盜賊入侵。他急忙穿過石灰岩洞口，準備要制伏這個盜賊，並且奪回他的財產。然而，進入眼簾的景象使他完全鬆了一口氣。

一根小蠟燭被插在牆上的裂縫裡，他在微弱的燭光中似乎看到，有個臉上蓄著鬍子的男人和一位年輕女子緊緊地挨在一起。在他們腳前有一個石槽，那通常是用來裝盛牛的飼料，如今卻有個嬰孩睡在裡頭。哈菲德不懂得生兒育女這些事情，但他確知這是個剛出生的嬰兒——從他有些皺紋和紅色的皮膚看得出來。為了不讓嬰兒受寒，這兩個人都用自己的斗篷蓋著嬰孩，只露出他的頭。

那個男人向哈菲德點點頭，而那個女人則移動身子更靠近嬰孩，當下沒有人說任何一句話。不久，那個女人開始瑟瑟發抖了起來，哈菲德看見她身上的服裝單薄，無法抵擋洞穴裡的潮濕寒冷。哈菲德看著那個嬰孩，看得很入迷——小小的嘴巴一張一合，看起來好似在微笑，此時一股奇妙的感覺流過他的身體。

不知道為什麼，他想起了麗莎。那個女人又開始因寒冷而發抖，她突如其來的動作讓哈菲德從白日夢中醒過來。

在痛苦的猶豫不決之後，這位自詡要成為偉大推銷員的哈菲德緩緩走向騾子。

他小心地解開繩結、打開包袱，然後將長袍拿了出來。他展開長袍，雙手撫摸著布料。這件染紅的袍子在燭光下閃著光，他看見在衣襬下緣有著巴忒羅斯和陀拉的標記——方形裡框著圓形以及星星。他不知道過去用疲倦的雙手拿著這件長袍有多少次了，他幾乎能細數每一針編織和每一條纖維。這確實是一件優質的長袍，若細心地保養，可以穿上一輩子。

哈菲德閉上雙眼，嘆了口氣，然後快步走向那個小家庭，在嬰孩旁的草堆上蹲下身子，溫柔地先拿開嬰孩父親那件已破裂的斗篷，接著從石槽上挪走母親的斗篷，他把斗篷還給這一對父母，但他們被哈菲德突如其來的行動嚇著了。接著，哈菲德將那珍貴的紅色長袍打開，並輕柔地用袍子包住沉睡中的嬰孩。

當哈菲德牽著騾子離開洞穴時，那位年輕母親親吻他臉頰上的濕氣感還在。有一顆星星高掛在哈菲德頭頂上，他從未見過這麼閃亮的星；他抬頭看著那顆星星，直到滿滿的眼淚在眼眶裡打轉。他牽著騾子走在通往歸途大道的小路上，準備回到耶路撒冷城以及在那裡的商隊。

第五章

照耀暗夜的星星

那麼，是什麼想法進入你的內心，驅走那些懷疑並給予你新的勇氣，決定隔天再嘗試一次呢？

哈菲德慢慢地騎著騾子前行，他把頭垂得低低的，這樣就不會注意到那顆星星之光灑落在前方道路的情景。他內心思緒萬千：為什麼自己要做這種蠢事？他根本不認識洞穴裡的這些人，為什麼不試著把袍子賣給他們呢？要怎麼跟巴忒羅斯還有其他人交代？他們若聽見自己把長袍無償送給別人，一定會笑到在地上打滾——而且是送給一個放在洞穴裡不認識的嬰孩。他精心捏造故事，想要瞞過巴忒羅斯。或許他可以說，他在餐廳用餐時，放在騾子包袱裡的長袍被偷走了。巴忒羅斯會相信這些話嗎？畢竟，這個地方確實有很多盜賊，巴忒羅斯應該會相信他，不會責怪他的粗心疏失吧？

他很快就到了通往客西馬尼園[1]的小徑，他卸下騾子上的包袱，疲倦地走在騾子前面，終於到達了商隊。從上面往下照射的燈光使得四周像白天那麼明亮，當下眼前呈現的正是他最害怕的場景——巴忒羅斯正站在帳篷前面仰望星空。哈菲德一動也不敢動，然而，這位老者幾乎是馬上就注意到他了。

巴忒羅斯向著這位年輕人走來，他的聲音聽起來令人心生敬畏：「你直接從伯利恆回來？」

「是的，閣下。」

「你沒有驚覺到天空有一顆星星跟著你嗎？」

「我沒有留意到，閣下。」

「沒有留意到？兩個小時前，我看見那顆星從伯利恆那邊升到天空，就無法離開現在所站之地。我從未見過這麼閃耀炫目的星星，我持續關注它時，發現這顆星在天空緩慢地往我們的商隊移動過來。現在，這顆星竟然就停在你我頭頂上的天空，不再移動了。」

巴忒羅斯走近哈菲德並仔細端詳年輕人的臉龐：「你在伯利恆時，是不是遭遇什麼特別的事情？」

「沒有，閣下。」

這位老者皺起眉頭，看似在沉思：「我從未聽過或經歷這樣的夜晚。」

1 客西馬尼園（Garden of Gethsemane）是耶路撒冷的一個果園。

哈菲德畏縮地說：「閣下，今晚也將成為我畢生難忘的夜晚。」

「嗯，那麼今晚到底你發生了什麼事，為什麼在這麼晚的時間趕著回來？」

當老者轉過身去拍一拍騾子背上的包袱時，哈菲德一言不語。

「包袱是空的！你終於成功了！到我的帳篷裡來，跟我分享你的推銷經歷。既然天意讓一顆耀眼的星照亮暗夜，我也遲遲無法成眠，或許你的話能夠為了一顆星星為何跟著一位駱駝牧童的理由，提供一些線索吧！」

巴忒羅斯閉著眼睛靠著帆布床，聽著哈菲德納不斷被人拒絕以及他在伯利恆如何被污辱的冗長故事。當哈菲德描述陶器商如何從店裡將他趕出去時，巴忒羅斯點了點頭；當哈菲德敘述拒絕一位羅馬士兵殺價後，這位士兵將長袍丟到他臉上之時，巴忒羅斯不禁微笑了。

最後，哈菲德的聲音幾近嘶啞低吼般的述說那晚在旅店時，自己內心讓他困擾的無數個質疑。此時，巴忒羅斯打斷了他的話：「哈菲德，就你所能的回想一下，告訴我那時你覺得心灰意冷時，內心所有的懷疑有哪些？」

哈菲德盡其所能地回想並述說這一切的懷疑，老者便問道：「那麼，是什麼想法進入你的內心，驅走那些懷疑並給予你新的勇氣，決定隔天再嘗試一次呢？」

哈菲德想了一下如何回答這個問題：「我只想到賈尼的女兒，即便是在那一間簡陋的旅店，我也知道如果我失敗了，就永遠沒有機會再見到她。」哈菲德的聲音突然變了：「不過，我最後還是失敗了。」

「你失敗了？我不明白。你並沒有帶著長袍回來啊！」

哈菲德用微弱的聲音訴說著在那洞穴裡發生的偶遇、那個嬰孩，以及那件長袍的事，由於他的聲音太小，以致巴忒羅斯覺得需要往前傾著身去聽。一邊聆聽年輕人說話，巴忒羅斯也一邊不斷注視著帳篷門口垂下的帆布外頭的星光照射在營地上的情景；他原本困惑的表情逐漸笑逐顏開，卻沒有注意到他眼前的這個年輕人已經說完故事，並開始哽咽了起來。

不過他很快就停止了哽咽，偌大的帳篷只剩下一片寂靜。哈菲德不敢抬頭看他的主人，因為他經商失敗也因而證明了他能力不足，只能當一個駱駝牧童。他躍身起來想離開帳篷，同時感受到那偉大推銷員的手放在他的肩膀上，讓他不得不直視巴忒羅斯的眼睛。

「孩子，這一趟沒有讓你獲利。」

「是的，閣下。」

「但對我而言，剛好相反。那一顆跟著你的星星醫治了我不願意承認的自我盲目。等我們回到帕邁拉時，我會跟你解釋這一切。現在，我要請你做一件事情。」

「是，閣下。」

「我們的推銷員會在明天日落前回到商隊，他們的牲口需要由你照料，你是否願意暫時回到駱駝牧童的職位？」

哈菲德順服地站起身來，並向他的恩人鞠躬：「不論您要我做什麼，我都願意去做……只是，我很抱歉沒有將長袍賣掉，讓您失望了。」

「那麼，你就先去為將要回來的商隊做好萬全準備，回到帕邁拉時我會再跟你見面。」

當哈菲德步出帳篷門口時，看見灑落一地的閃耀星光，幾乎使他睜不開眼睛。他揉了揉雙眼，聽見巴忒羅斯從帳篷裡傳出呼喚他的聲音。

年輕的哈菲德轉身並走回帳篷，等候老者對他說話。巴忒羅斯指著他說：「安穩地睡一覺，其實你沒有失敗。」

整個夜晚，那顆閃耀的星都高掛天空。

第六章

木盒的故事

裡頭有十卷羊皮卷，每一卷上頭都有編號。第一卷記載了學習這些卷軸內容的訣竅，其他卷則載明了在推銷技巧上的藝術，獲得巨大成功必要的祕訣和原則。

商隊回到帕邁拉總部後將近兩個星期，一天哈菲德從馬廄裡的稻草床上被喚醒，原來是巴忒羅斯要見他。

他趕緊前往巴忒羅斯的寢室，忐忑不安地站在寬大的床前，使得躺在其上的巴忒羅斯看起來身型很小。巴忒羅斯睜開雙眼，費力地從棉被裡坐起身來。他的面容看起來很憔悴，手臂上的血管鼓起清晰可見。哈菲德難以置信這個是在十二天前跟他談話的那個人。

巴忒羅斯指了指大床的下半部，年輕人小心翼翼地在床沿坐了下來，等候老者說話；甚至他的聲音和音調跟上一次談話時都不一樣了。

「孩子，你已經重新考慮你的雄心壯志許多時日，你現在仍想成為一個偉大的推銷員嗎？」

「是的，閣下。」

這位老者點了點頭：「那就此開始吧！我原本希望花很多時間跟你一起進行，但就你所見，死亡之日離我越來越近了。縱然我認為自己是一個傑出的推銷員，卻無法說服讓死亡遠離我的房門，它就像一隻守在廚房門口的惡狗。就像這隻惡狗，死神知道這扇門至終必然失守……」

一陣咳嗽打斷巴忒羅斯說話，哈菲德靜靜地看著老者咳到喘不過氣。

終於，咳嗽停了下來，巴忒羅斯臉上浮現微弱的笑容：「我們時間不多了，現在就開始吧！首先，先把床底下的雪松木盒拿出來。」

哈菲德跪低下來，將一個被皮繩綑著的小木盒拉出來，將它放在巴忒羅斯盤起的雙腿上。這位老者清清喉嚨，說道：「很多年以前我的工作甚至比駱駝牧童更低，我無意間救了一位從東方來的旅人，當時他被兩個強盜綁架。他堅稱我救了他一命，希望能回報我，即便我並沒有提出任何要求。因為我沒有家庭也沒有錢，他便邀請我跟他回家，並視我為己出。

「有一天，就在我已習慣了新生活之時，他跟我說了這個小木盒的故事。裡頭有十卷羊皮卷，每一卷上頭都有編號。第一卷記載了學習這些卷軸內容的訣竅，其他卷則載明了在推銷技巧上的藝術，獲得巨大成功必要的祕訣和原則。在接下來的一年，他按著第一卷裡頭的學習訣竅，每一天教導我學習其他卷軸上智慧的言語，直到我牢記每一卷的每一個字；這些內容成為了我思想與生活的一部分，甚至成為了習慣。

「最後，他將這個小木盒和裡頭的十個卷軸、封了口的一封信，以及裝著五十個金幣的錢袋一起送給我。不過，這封了口的信要到我離開這個家之後才能開啟。我與這個家庭道別，在到達通往帕邁拉之前的商業道路上，我才打開那封信。信的內容要求我按著從羊皮卷學來的方式運用這些金幣，並開創一個新的生活；並且更進一步地命令我必須與窮人分享一半所得的財富，但是不能將這些卷軸給其他人或與人分享內容，直到我獲得特別的兆頭，告訴我誰是下一個應該獲得這些羊皮卷的人。」

哈菲德搖搖頭：「我不明白，閣下。」

「讓我解釋得更清楚。多年來，我不斷留意兆頭和這個人的出現，與此同時，我也運用從羊皮卷學來的祕訣累積龐大的財富。我幾乎快要相信自己在有生之年無法見到這個人了，一直到你從伯利恆回來。當我看見那一顆星星從伯利恆跟著你回來時，我第一個想法就是你應該就是下一任繼承這些羊皮卷的人。我在內心不斷試著理解這件事情的意義，但我不敢不順從神的旨意。後來，你述說長袍助人的故事，我相信這舉動對你而言意義非凡，我內心深處有個聲音告訴我，漫長的尋找可以終止了，我終於找到下一個命定要接收這個木盒子的人。說也奇怪，在我知道我已經找到那個人之後，我的身體精神日漸衰弱。如今，在我即將走到人生盡頭時，漫長的尋找終於結束，我可以安然離世了。」

老者的聲音漸漸微弱，但他握緊瘦骨嶙峋的拳頭，傾身挨近哈菲德：

「我兒，仔細聽清楚，因為我可能沒有力氣再重複說這些話了。」

哈菲德移動身體靠近他的主人，此時的他熱淚盈眶。他們的雙手彼此交握，這位偉大的推銷員用力地吸了一口氣，說：「我現在將這個木盒子和裡頭極有價值的羊皮卷交給你，不過，你必須先同意一些條件。盒子裡面有一個錢袋，裡頭有一百個金幣，這些錢能讓你維持日常生活，並購買一些地毯可以進入商界開始做生意。當然，我也可以給你很多財富，但這樣做可能會有害於你。比較理想的方式是你靠自己的能力成為世界上最富有、最偉大的推銷員。你看，我沒有忘記你的人生目標。

「現在，從這裡出發前往大馬士革，你會在那裡發現無數的機會，能夠運用從這些羊皮卷學得的東西。在你找到住處之後，要先打開編號一的羊皮卷，你必須反覆閱讀背誦，直到你完全明白其中的學習祕訣，並且運用這些祕訣去學習其他卷軸裡成功推銷的原則。在學習每一個羊皮卷時，你可以開始把買來的地毯推銷出去，若你能將所學習到的訣竅和實務操作作結合，同時也持續按照指示去研究每一卷羊皮卷的內容，你的推銷業務必然蒸蒸日上。我要提出的第一個條件是：你必須發誓會遵循第一卷羊皮卷內容的指示。你同意嗎？」

「是的，閣下。」

「很好，很好……在你運用這些羊皮卷內容的原則之時，你會變得比你想像中的更加富裕。第二個條件是，你必須持續用一半的財富去幫助比你窮的人們。這一點必須嚴加恪守，你同意這樣做嗎？」

「是的，閣下。」

「第三個是最重要的條件，你絕對不可以與任何人分享這些羊皮卷或其中的智慧。有一天，會出現某個人並顯出一個兆頭，就像那顆星星和你無私的行動，正是我尋找已久的兆頭一樣。當這些事情發生的時候，你會認出這個兆頭，即使他不知道自己就是天選之人。當你確認自己的心是正確的之後，就要將這個木盒子和裡頭的羊皮卷交給他或她，完成這個步驟之後，不需要將當初開給我、以及現在我開給你的條件加在他身上了。我當時收到的信件內容就明載了，第三個接受這個木盒子的人若是願意，可以與世界上的任何人分享羊皮卷的內容。你是否願意答應遵行這項條件？」

「我願意。」

巴忒羅斯鬆了一口氣，好像如釋重負一般。他臉上出現一抹微微的笑容，用他瘦骨如柴的雙手托住哈菲德的臉：「現在，帶著盒子出發吧！我以後再也沒有見你的機會了，你就帶著我的愛和祝福邁向成功之路，也祈願你心愛的麗莎未來能夠分享、也帶給你幸福快樂！」

哈菲德接受這個木盒子並走向敞開的房門口時，眼淚終於不爭氣地從臉上流下來。此時，他突然停下來站在門口外，將木盒子放在地板上，並轉身走回他主人的身旁：「如果我要成功的決心夠堅定，失敗永遠不會擊垮我，對嗎？」

老者微笑著點頭，舉起手向哈菲德道別。

第七章

席捲而來的恐懼

我不過是個駱駝牧童，竟然愚蠢到做白日夢，妄想有一天能成為世界上最偉大的推銷員，而我竟然沒有勇氣走過市集街道上的攤販……

哈菲德和他的騾子從東門口進入城牆圍住的大馬士革城。他沿著被稱為直街的路往前行，內心感到猶疑和惶恐。從市集發出的吵雜聲和眾多的叫喊聲，絲毫無法緩解他的恐懼。像巴忒羅斯那般擁有龐大商隊，進到這個城市做生意是一回事，但像他沒有保護、獨自一人進到這城市經商又是另一回事。街道上的商人從四面八方向他湧來，手中拿著他們的商品，一個叫喊得比一個大聲。他經過像蜜蜂窩般密集的商家和攤販，陳列著銅製品、銀製品、馬鞍、編織品、木製品等等；他騎的騾子每一步都使他與叫賣的攤販面對面，商人晃著手上的商品哀嚎自憐地叫賣著。

位於他的正前方就是這個城市的西城牆之外，黑門山巍巍地矗立著。即使當時正值夏天，黑門山上仍然覆蓋著皚皚白雪，看起來像似以寬容和忍耐聽著山下市集的喧囂聲。哈菲德終於走過這條著名的街道，他詢問當地人哪裡可以住宿，很容易地就找到了一間叫做莫查的小旅店。他住的房間很乾淨，便預先付清一個月的房租，這讓他與旅店老闆安東尼建立起良好的關係。他將騾子拴在旅店後面，自己則是到巴拉達河裡洗了個澡，然後就回到他的房間。

他將雪松木盒子放在床腳邊，接著打開綑紮盒子的皮繩，蓋子很容易就打開，他向下注視著羊皮卷。然後，他伸手進去碰到了羊皮卷，他的手指感覺到這些卷軸好似活跳跳的，就立刻縮回他的手。他隨即起身走向紗網窗，聽見至少半里外的市集傳來的吵雜聲。當他望向吵雜聲的方向時，恐懼和懷疑再度席捲而來，他覺得自己的信心漸漸崩塌。他閉上雙眼，將頭斜靠在牆面上，竟大哭了起來：「我不過是個駱駝牧童，竟然愚蠢到做白日夢，妄想有一天能成為世界上最偉大的推銷員，而我竟然沒有勇氣走過市集街道上的攤販。今天，我親自看見了數百位推銷員，他們每一個人的專業都遠比我強，而且他們有膽識、有熱情，也很有毅力，而且每一個人似乎都有備而來，要在現實的商場叢林裡求生存。我是多麼愚蠢且狂妄，竟認為我可以與其他商人競爭並且超越他們。巴忒羅斯、我的巴忒羅斯啊！我好擔心又讓您失望了！」

再加上旅途累積的疲倦，他讓自己倒在床上且哭到睡著。

他再次醒過來已經是早晨了，睜開惺忪的雙眼之前，已經聽見美妙的鳥叫聲。他起身坐著，眼前的景象讓他感到不可置信——竟有一隻麻雀飛進來，停在蓋子打開、裡頭裝有羊皮卷的木盒上！他立刻下床跑向窗戶，外頭有數以千計的麻雀聚集停在無花果樹和梧桐樹上，每一隻鳴叫的鳥，都好像在歡迎新的一天來到。當他看著這賞心悅目的風景時，有些鳥兒會飛來窗臺駐足，但即便只是哈菲德細微的動作，都會把鳥兒嚇得倏忽又飛走了。他轉過身來再次看著小木盒，那些鳥兒訪客也抬起頭來看著這個年輕人。

此時，哈菲德慢慢地走向小木盒，他的雙手展開，讓麻雀躍上他的手掌：「窗外有數以千計你的夥伴，但你卻勇敢地從窗戶飛進我房間！」

這隻小鳥狠狠地啄了哈菲德的手，他就將鳥兒帶到桌上那個裝著麵包和起司的包包。他剝了一大塊麵包並將它放在這位不期而遇的朋友旁邊，牠就開始吃了起來。

突然，有個意念進入哈菲德的腦袋，他走回到窗戶旁，用手摸著窗戶的格子，這些格子很小，不太可能容許麻雀飛進來。此時，他的腦海響起巴忒羅斯的聲音，就跟著大聲地說出：「若你決心要成功的信念夠強大，失敗永遠無法擊垮你！」

他再度走回木盒子旁，並且伸手進去拿起一卷看起來比其他更破舊的羊皮卷，哈菲德輕柔地將它展開，此刻他內心的恐懼完全消失。他轉過頭去要看看那一隻先前停在木盒蓋上的麻雀，卻再不見牠的蹤影。桌上只剩下被啃過的麵包和起司，成為勇敢的小客人來過的證據。哈菲德看了一下手中的羊皮卷，其上寫著「第一卷」，他便開始閱讀起來……

第一卷——羊皮卷

第八章

今天，我開始了新的生活

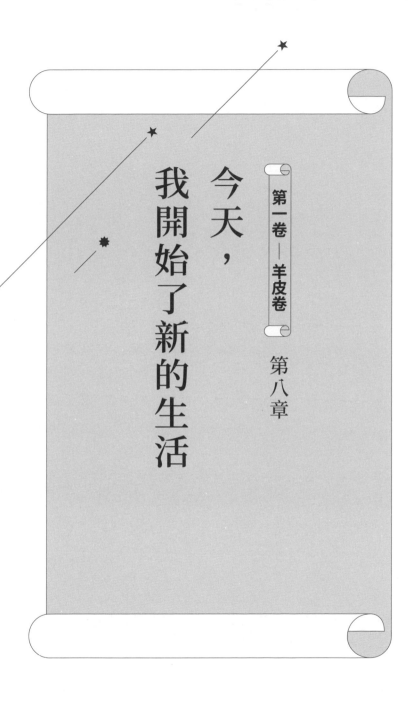

今天，我開始了新的生活。

今天，我要脫去舊皮膚。這個過去的我，在挫折的疼痛和平庸的傷害上吃盡了苦頭。

今天，我重獲了新生，出生地是長滿葡萄的葡萄園。

今天，我會採收智慧的果實，就在園子當中最高大、結實纍纍的葡萄藤上摘取；因為，這些葡萄藤是在推銷上最有智慧的前人所栽種，一代一代相傳至今。

今天，我會親嘗這些葡萄藤上的葡萄，並將那些在葡萄裡成功的種子一顆一顆吞下去，新的生命必在我的內心成長茁壯。

我所選擇的事業，機會俯拾皆是。然而，卻也充滿了心碎與絕望；甚至若將這些失敗者的身體堆疊起來，恐怕會有埃及金字塔那麼高！

然而，我不會像他們一樣失敗。因為我手上握有能指引我挺過大風大浪的航海圖，安然到達在昨天似乎還只是夢想的彼岸。

失敗不會再是我努力奮鬥的結局，就像大自然不會為我的身體預備痛苦叫我忍耐，也不會為我的生命設定好失敗的痛苦。失敗與痛苦對我的生命而言是無可相容；過去我接受失敗如同接受痛苦，如今我拒絕接受失敗，我準備開始學習推銷的智慧和原則，他們將指引我走出失敗的陰影進入璀璨光明，獲得財富、地位、快樂，以及遠超過我夢想的成功，直到即便是海斯佩拉蒂女神[1]的花園裡頭的金蘋果，也無法比擬！

人若能永生，他就有時間學習所有的事情，但我沒有永生的奢求，只願在有限的人生裡，我必須學好忍耐的功課，因為大自然的行動向來都是從容不迫的。一棵樹中之王橄欖樹的成長需要花費百年光陰，洋蔥過了九個月時間就會開始枯老；而我就像洋蔥，我不喜歡這樣的生活。現在我將會成為最高大的橄欖樹，事實上，就是最偉大的推銷員！

我該如何達成這樣偉大的目標呢？畢竟，我對此沒有知識、也沒有經驗，況且我已經在無知當中跌跌撞撞，也曾陷入自憐自艾的死胡同裡。

其實，答案很簡單。我依然會啟程，不被無用沉重的知識所支配，也不被無意義的經驗所障礙。造物主已經給了我知識和本能，這是森林裡其他動物望塵莫及的；而經驗的價值通常被那些看似睿智、只會點點頭、說話卻愚蠢至極的老人高估了。

事實上，經驗能全面性教導人們學習良多，但這條學習之路耗費人類有限的寶貴光陰，以至於從經驗學來的功課，其價值也隨著獲得特殊智慧所必須花費的時間而降低。最終結果會發現，不過是浪費時間在一步步邁向死亡的人罷了。甚至，經驗與當下的趨勢相關，一項今日能達至成功的行動，明日可能就成了不可行也不實際的方法了。

唯有原則能成為不變的金律，如今我已握有這些寶藏，這些羊皮卷裡的內容能指引我邁向偉大，與其說是教導我如何達致成功，毋寧說是如何避免失敗。畢竟，沒有比心智成熟更加成功的狀態。在一千個智者當中，沒有兩個人會用一樣的字句來定義成功。然而，失敗常常只有一種解釋——**不論一個人的人生目標是什麼，失敗就是他無法達到那些目標**。

事實上，失敗者與成功者之間的差異就在於習慣。好的習慣是達至成功的關鍵，壞習慣則領人通往失敗的境地。因此，我必須遵循的第一條金律，同時也是首要之務正是——**養成好習慣，並且全心全人**、**全神貫注地實**

1　海斯佩拉蒂女神（Hesperides）是希臘神話中看守金蘋果聖園的三位女神。

踐它。

當我還是孩子時，我總是會感情用事，如今我長大成人，應該作為一個好習慣的實踐家。

我的自由意志長年屈服於過去累積至今的不良習慣，在我的生命裡已經成為慣性，框限了我的未來。我的行動被慾望、情感、偏見、貪婪、愛情、恐懼、環境、習慣所轄制，其中最嚴重的正是習慣。因此，若我必須受到習慣支配，我寧願成為好習慣的僕人。我的壞習慣必須戒除淨盡，並且預備養成好習慣。

我會養成好習慣，並且成為忠心實踐的僕人。

那麼，接下來我要如何完成這項艱困的壯舉？透過這些羊皮卷便可以達成目標，因為每一個卷軸都有一項原則，能幫助我戒除一個生活中的壞習慣，同時養成一個幫助我邁向成功的好習慣。這是自然的另一個法則——唯有一個新的好習慣能夠戒除一個壞的習慣。所以，為了實行這些羊皮卷內容指定的工作，我必須自律養成首要的好習慣——**我會按規定的方式，用三十天詳讀完一卷羊皮卷，然後才閱讀下一卷**。

首先，我起床之時會默念這些內容。接著，我會在吃完午餐之後再默念它一次。最後，也是最重要的，我會在一天的結束之前，大聲地念出這些內容。

第二天，我會重複以上程序，並且這樣做連續三十天。然後，我才會換下一個新的羊皮卷，用上述的方法閱讀其內容。我會持續用這種方式閱讀每一個卷軸的內容，久而久之，這種閱讀行動就會成為我的日常習慣。

這樣的習慣能帶來什麼好處呢？這裡頭藏有人類所有成功的祕訣。我日復一日這麼做，這些內容很快就會成為我內心活動的一部分，但更重要的是它們能滲透我的心靈——奇妙的活泉湧流，創造我的夢想世界，並且經常使我以不甚理解的方式行事。

當這些羊皮卷中的內容被我奇妙的心靈吸收之後，我每日早晨起床後會被一種前所未有的活力充滿。我的活力將增加且熱情奔放，我面對這個世界的渴望會戰勝我過去在日出之時的心生恐懼。在這個滿是衝突和悲傷的世界，我變得比想像中的更加快樂。

至終，我就能夠根據羊皮卷的內容去回應所有遭遇的情勢，這樣一來，這些行動和回應將很快就會成為容易執行的方案，畢竟，任何反覆練習的行動將變得易如反掌。

因此，新的好習慣自然而然由此形成，由於藉著持續重複不斷的實行，這項行動就變得越發容易執行；若能從實行中得到樂趣，就人性而言，他就會喜歡經常去做。簡而言之，當我經常實行這些行動時，就能形成我的好習慣，我會成為其追隨者；習慣就成自然，便能內化成為我的意志。

今天，我開始了新生活。

我嚴肅地自我宣誓：不容許任何事情來延宕我新生活的成長。我會珍惜每一天的時刻，並確實閱讀這些卷軸內容，畢竟時間一去不回頭，也無法用另一天來彌補。所以我決不能、也不會破壞這項每日閱讀這些羊皮卷的好習慣，事實上，每天在這些好習慣上花費的片刻，僅僅是為了屬於我的幸福與成功所付上的小小代價。

因為我為了遵循羊皮卷內容而再三重覆閱讀，因此我不會看輕其內容的簡潔扼要，或是因文字的高易讀性而輕忽了這些訊息。

數以千計的葡萄才能釀成一瓶美酒，而果皮與種籽則丟給鳥兒吃。如此一來，釀造出來的是陳年智慧，而皮與籽則是隨風而逝。唯有純正的真理得以蒸餾成為文字留存，因此，我會按著指示一滴不漏地飲用至盡，也會吃下成功的種籽！

今天，我的舊皮囊成了塵土，成為了新皮囊；我將昂首走在人群之中，沒有人能認得出我來，因為我變成一個新人，過著一個新的生活。

第二卷——羊皮卷

第九章

我會用發自內心的愛來迎接這新的一天

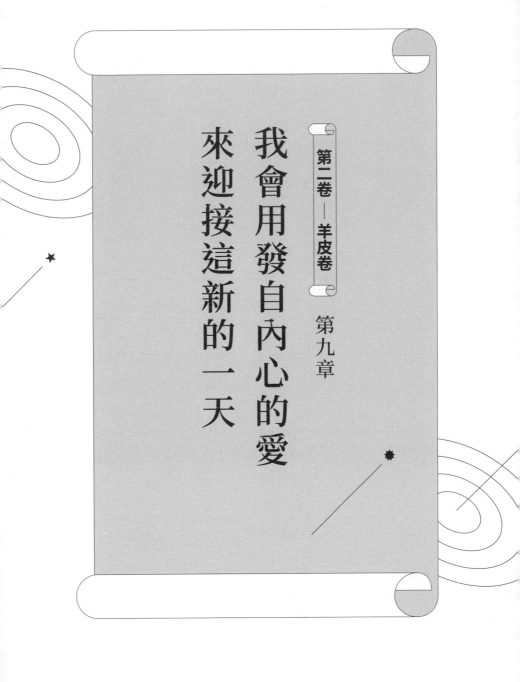

我會用發自內心的愛來迎接這新的一天。

因為這是企業邁向成功最大的祕訣。健壯的肌肉可以擊破盾牌，甚至可以毀滅生命；惟有愛那看不見的力量才能夠打開人的心扉。在精於此推銷藝術之前，我仍僅只是一個市場裡的販夫走卒。我會讓內心的愛成為最強大的武器，沒有人能夠抵禦這樣的力量。

人們或許會反對我的理念，也無法相信我的看法；他們可能不接受我的衣著，也可能轉頭唾棄我的長相；甚至我以廉價販售的商品，也會遭人質疑其品質。然而，我內心的愛能融化所有硬心，就像太陽的溫暖能軟化冰冷的凍土。

我會用發自內心的愛來迎接這新的一天。

我怎樣才能做到呢？今後，我會以愛的眼光看待一切人事物，我會因此得到新生。我愛陽光，因為它溫暖我的骨頭。我愛雨水，因為它能洗滌我的靈魂；我愛光明，因為它指引我的道路；我也愛黑暗，因為我能在暗夜裡望見星空。

我要迎接幸福與快樂，因它能開闊我的心胸。而我也會在悲傷中堅韌不拔，因為它能開啟我的靈魂。

我會看見我的報酬，因為這是我應得的；然而，我不怕遭逢困難，因為他們都成為我的挑戰。

我會用發自內心的愛來迎接今天。

我會怎麼述說呢？我會讚揚敵手，至終他們會成為我的朋友；我會鼓勵我的朋友，他們會成為我的兄弟。我應當尋遍理由讚美他人，永遠不要談八卦，更不要為了找藉口來談八卦。每當我想要開始批評他人時，我會緊緊閉上嘴巴、栓住舌頭。而當我想要稱讚人時，我就爬到屋頂上去大聲稱讚對方。

這不就像是天空的飛鳥、捉摸不定的風、深不可測的大海，以及所有受造物稱頌他們的造物主那般美妙？所以我當然可以用同樣的方式讚美上帝的受造物！從今以後，我會記住這個祕訣，這必會改變我的生命。

我會用發自內心的愛來迎接今天。

我會怎麼做呢？我會愛任何樣態的人們，因為每一個人都有人人稱羨的特質——即便它們可能是被隱藏起來的。我將以愛拆毀他們內心築起的充滿懷疑和嫉恨的高牆，而在那裡，我將搭起橋梁，使我的愛能有通道進入他們的靈魂中。

我會去愛那些有雄心壯志的人，因為他們能對我有所啟發；我會愛那些失敗者，因為他們可以教訓我。我會愛那些君王，因為他們不過只是人類罷了；我會去愛謙和的人，因為他們很接近神聖。我會去愛那些富者，其實他們內心經常很空虛。我會去愛窮人，因為為數者眾。我會愛年輕人，因為他們信心十足。我也會去愛老者，因為他們經常分享人生智慧。我會愛美麗的人，因為他們眼神流露的哀戚。我也愛醜陋的人，因為他們的靈魂寧靜如湖鏡。

我會用發自內心的愛來迎接今天。

我該如何回應他人的行動呢？就是愛；這是我用來打開他人心扉的武器，愛也是我抵擋仇恨飛箭以及憤怒的矛的盾牌。逆境和沮喪將會攻擊我的新盾牌，並成為最溫和的雨水。我的盾牌能在商場上保護我，而在我孤單時成為我的支撐。它會在我絕望之時給予盼望、在我狂喜之時使我心安靈靜。這種愛由於我的運用，會變得越來越強大並更具有保護力，直到某一天，我自然而然就能將其擱置一旁，並有能力面對芸芸眾生。當那時，我的名聲會漸漸被放在人生金字塔的最高峰。

我會用發自內心的愛來迎接今天。

我該如何面對所遇見的每一個人呢？只有一個方法——靜默並且在我內心對他說：「我愛你。」即便只是在內心說出這幾個字，卻會在我的雙眼裡閃亮，使我緊皺的眉頭解開，使我的臉上揚起笑容，也會在我的聲音中產生共鳴。這樣一來，對方的心就會敞開。一個感受到愛的買家，誰會拒絕購買我的商品呢？

我會用發自內心的愛來迎接今天。

最重要的，我會愛我自己。當我這樣做，我會積極地察驗進入我身體、思想、靈魂和我內心的一切。我永遠不會過度縱容自己的肉體，而會以清潔和節制來珍惜我的羽毛。我也決不容許我的心智被邪惡與絕望誘惑，而要以歷來累積的知識與智慧將其昇華。我更不會允許我的靈魂淪為自高自大、驕傲自滿，反而要以默想與祈禱取代它。我不會允許自己的心變得狹窄及苦毒，反而要去分享它，而我的心靈將成長並溫暖這個世界。

我會用發自內心的愛來迎接今天。

從今以後，我要愛這世界上的所有人。現在，所有怨恨都從我的血管中消逝，因為我沒有時間恨別人，只願意花時間愛人。有愛走遍天下，我將以此增加百倍銷售，成為一個偉大的銷售員。即便我沒有其他出眾的特質，依然可以透過愛來獲得成功。若沒有愛，縱然我有全世界的技巧和知識，也將走入失敗境地。

我會用發自內心的愛來迎接今天，並且獲得成功。

第三卷——羊皮卷

第十章

我會堅持到成功為止

我會堅持到成功為止。

在東方，年輕的公牛需要照一定的程序挑選出來進入競技場。每一頭小公牛都被帶到場上測試，去攻擊一位騎馬帶著矛準備刺向小公牛的鬥牛士。每一隻表現勇敢的小公牛會得到裁判官的悉心評分，也根據牠願意在被矛數次攻擊刺痛之後，還奮勇的攻擊鬥牛士的次數，來評估小公牛的勇敢程度。

從此之後，我要認知到一件事：每一天我都會像這樣被生活測試。如果我堅持不懈，如果我不斷嘗試，如果我持續向前，我必然成功。

我會堅持到成功為止！

畢竟，我不是為了挫敗來到這個世界，失敗也不會在我的血液裡流動。我更不是一隻等待牧人宰殺的綿羊。我是一隻拒絕與綿羊交談、同行、共眠的獅子。失敗的屠宰場不會成為我生命的終點，我會堅持到成功為止！

我會堅持到成功為止。

生命的獎賞是在終點發放的，而非靠近生命的起點；這獎賞也不是為了讓我知道需要執行多少步驟，才能達成我的人生目標。我或許會在第一千個步伐時遇上困境，但成功之境就在轉角處！除非我向前邁進，否則我永遠無法知道離成功有多近。

我永遠要比別人多走一步！若那一步沒有帶來益處，我會再往前邁一步、二步。

事實上，一次走一小步並非太難的事。

我會堅持到成功為止。

今後，我會把我每天的努力，看作只是用斧頭砍伐巨大橡木。第一下或許大樹連動也不動一下，第二下、第三下可能也都是如此。

每一擊砍伐本身可能僅是微不足道，也成不了什麼局面。然而，即便是孩子氣般的不斷砍伐橡樹，久而久之，這棵樹終將倒下，就如我今日所付出的努力一般。

我會像那沖刷高山的雨滴，吞噬一頭老虎的螞蟻，照亮土地的星辰，建造金字塔的奴隸。我會一次用一塊磚堆疊起一座城堡，因為我知道每一次的一小步，長期重複去做之後，必能成就任何事業。

我會堅持到成功為止。

我永遠不會考量失敗，我會從我的字典裡挪去像是放棄、無法、做不到，不可能、絕無機會、不太可能發生、失敗、行不通、沒希望，以及放棄等等詞句。因為這些都是愚蠢的字眼。我務要避免陷入絕望，若然這種心病臨到我，就會使我繼續在絕望中前行。我應辛勤工作並且堅忍到底。我會忽略腳前的障礙，並專心注視我的目標，放眼於未來，因為我知道乾枯沙漠的盡頭，必有青青草原。

我會堅持到成功為止。

我會記得古老的平衡法則，使其成為我的利益。我會堅持我的主張：每一次失敗的銷售，都能為下一次的嘗試增加成功的機會。

我每一次聽到的「不」，都更可能將我帶往聽見更多「好」的聲音。每一個對我皺眉的人，只是讓我預備好迎接對我微笑的人。而每次遭逢的不幸將會帶來明天幸運的種子！

我必須珍惜夜晚時分如同珍惜白天一般，我必須為著一次徹底的成功，而經常經歷失敗的滋味。

我會堅持到成功為止。

我會嘗試、嘗試，不斷的嘗試。我會將每一次障礙困難視為到達目標的曲路，以及對我銷售專業的挑戰。我會堅持並發展專業技術，如同水手在每一個猖狂的風暴裡學習勇往前駛一般。

我會堅持到成功為止。

從今以後，我會學習並且運用其他人超越我銷售業績所使用的訣竅。每一天結束之前，不論當天的銷售是成功或是失敗，我都會再奮力一搏，做最後一次的推銷。當我的思想向著我那疲憊的身軀招手說「回家吧！」之時，我會拒絕這樣的誘惑，因為我會再試著成功地推銷一次，若是失敗，我就繼續推銷。我決不讓失敗的推銷作為一天的結束。更進一步，我要種下明天成功的種子，獲得那些只在規範時間內工作的人無法超越的利益。當別人停止努力時，我還在奮戰著，所以我將得到更滿溢的收穫。

我會堅持到成功為止。

當然，我也不會讓昨天的成功成為我今天的自滿，因為這是失敗最重要的關鍵因素。我會忘記過去一天發生過的所有事情，不論是好事或壞事，總是要憑信心迎接新的一天，並相信這會是我生命中最棒的一天！

只要我還有一口氣在，我就會堅持到底，因為我已知道成功最偉大的祕訣之一。只要我持續不懈，我終將獲得成功。

我會堅持到底。

我將獲得成功！

第四卷——羊皮卷

第十一章

我是大自然當中最偉大的奇蹟

我是大自然當中最偉大的奇蹟。

從太初起，沒有任何人事物與我擁有相同的心思、意念、眼光、耳朵、雙手、頭髮，以及嘴巴。往昔、今日、未來都沒有人像我這樣走路、說話、動作、思考。所有人都是我的兄弟，但我跟他們迥然不同。我是獨一無二的受造物。

我是大自然當中最偉大的奇蹟。

縱使我活於動物界，但是動物的獲得無法滿足我。在我心中燃燒著傳遞了許多世代的熊熊火焰，它的熱氣持續激勵我的士氣，讓我成為更好的我——我一定做得到。我會煽起這樣的獨特火焰，知道自己在這世界上是獨一無二的。

沒有人可以模仿我寫字的筆觸、我的鑿痕、我的親寫筆跡，也沒有人有能力重製我的商品，事實上，沒有人有能力像我這樣銷售產品。今後，我會充分運用這種差異性，因其能夠擴大為豐盛的資產。

我是大自然當中最偉大的奇蹟。

我不會再徒勞地去模仿他人，相反地，我會將我的獨特性展現在商場上。我每天都會自我宣告：今天我會將商品賣出去！我如今學會強調自己的與眾不同、隱藏我的共通性。所以我也會運用這項原則去推銷商品。我這個銷售員與商品都獨樹一幟，我為此差異感到自豪。

我是大自然中獨一無二的受造物。

我是很特別的受造物，物以稀為貴。因此，我是極有價值的人。我是千萬年演化而來的最新人類，因此，我在精神與身體上的蛻變，都比我之前所謂的帝王與智者優良得多。

然而，我若不充分地運用技巧、心智、心靈以及身體，它們都將停滯、腐朽，甚至死亡。我有無限的潛力——我僅用了腦袋的一小部分，也只是小試我身體力量的一點身手。今天開始，我就可以做到比昨天增加千百倍的成就。

我永遠不會沾沾自喜於昨天的成就，也不會再吹噓自己達到的業績，或是高談闊論那些微不足道的小小成績。因為我能達到的成就可以遠遠超過現在的，我為什麼要讓自己奇蹟般的生命，終結生命中的奇蹟呢？難道我不能將這些奇蹟延伸到我的職涯嗎？

我是大自然當中最偉大的奇蹟。

我並非偶然來到這個世界，在我身上有個目的——成長得像大山一般，而不是萎縮到像一顆沙子。今後，我將會用上一切努力成為一座最高的山，並將潛力發揮到最大極限，直到力氣用盡為止。

我會增加我對人類、自己、商品的各種知識，這樣一來我的銷售量必然倍增。我會練習、改進，並且精煉、斟酌我口中所用的銷售語言，畢竟這是建立事業的根基。我永遠不會忘記那些以一次完美的推銷術就大獲財富與成功的推銷員口條，我當然也會不斷改進我的禮儀與風度，因為這些是很吸引人的美德。

我是大自然當中最偉大的奇蹟。

我會集中力量、專注在當前的挑戰上，我的行動力會讓我忘記其他事情。我會把家裡的問題留在家裡，當我在商場上時，我不會去想到家人。若非如此，我的思考就會受到干擾。相同的，商場上的問題我就會把它留在商場上，我回家之後就不再去想生意的事情了，不讓任何一個家人受到冷落。

商場上沒有我家庭立足的地方，同理，在我家裡也沒有生意經會出現。我會刻意將這兩個場域分開，這樣做使我仍能在這兩個領域裡駕馭自如。這兩個領域必須維持分離狀態，否則我的事業將毀於此；這向來都是一種矛盾狀態。

我是大自然當中最偉大的奇蹟。

我的雙眼可以觀察、有心智可以思考，而現在我甚至洞悉了人生的偉大祕訣——我發現到，至終，我所有的問題、沮喪和心痛，事實上都是偽裝的喬裝。我再也不會被它們的偽裝瞞騙過去，因為我擁有雪亮的雙眼；我已經有能力看破偽裝，不再受騙上當。

我是大自然當中最偉大的奇蹟。

沒有任何野獸、沒有任何植物、沒有風、沒有雨、沒有任何石頭、沒有任何湖泊……擁有和我相同的起源，因為我是從愛的意念而生，乘載了目的來到這個世界。我過去忽略的這項事實，從今而後將會形塑並引導我的生命。

我是大自然當中最偉大的奇蹟。

大自然沒有失敗的可能。終將以勝利的姿態出現；我也是如此，每一次的勝利之後，下一次的奮鬥就變得容易多了。

我會得到勝利，我會成為一個偉大的推銷員，因為我是獨一而二的。

我是大自然當中最偉大的奇蹟。

第五卷——羊皮卷

第十二章

我會把今天當作最後一天活著

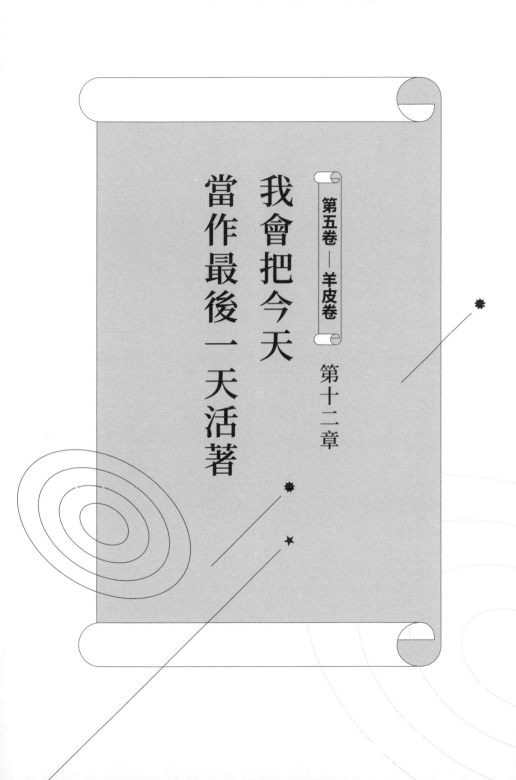

我會把今天當作最後一天活著。

我還擁有這寶貴的一天時，我該做些什麼呢？首先，我會將生命的容器底部封死，連一點一滴都不讓它掉落在地上。我不會浪費時間去哀悼昨日犯下的錯誤、失敗、心痛。我今日為什麼要去緬懷不好的，卻不去追尋好的呢？

沙漏裡的沙子能向上滴漏嗎？太陽能從日出之地落下、從日落之地升起嗎？我能叫出昨天犯下的錯誤，然後修正嗎？我有能力召回昨日的傷害，然後撫平嗎？我今天有可能比昨天年輕嗎？我能收回說出口的壞話、給予他人的打擊、已經造成的苦痛嗎？絕無可能！昨日已經永遠消逝，我不會再去回想。

我會把今天當作最後一天活著。

那麼，我該怎麼做呢？我必須忘記昨天，也不思想今天。為什麼我要拋棄「當下」，而去追尋「或許」呢？

沙漏可以在今天之前流下明天的沙子嗎？太陽早上會升起兩次嗎？我的時間還停留在今天時，有能力執行明天要做的事情嗎？我能夠把明天賺的錢，今天就放進我的皮包裡嗎？明天要誕生的孩子今天會出生嗎？明天的死亡能向後投射黑暗，使今天的喜樂變為憂愁嗎？我應該去擔憂自己沒有經歷過的事情嗎？難道我要用不一定會發生的事情來折磨我自己嗎？不！明天與昨天一同被我埋葬了，我不會再去想這些。

我會把今天當作最後一天活著。

今天是我僅有的一天，這些時間現在都是我的永恆。我以充滿喜樂的眼淚迎接今天的日出，如同一個囚犯被撤銷了死刑。我為了這個無價之寶、新的一天，舉起雙手表達感謝。同樣的道理，當我想到那些昨日迎接日出的人，卻無法繼續在今日經商時，我會懷抱著充滿感謝的心跳。我真的是一個幸運的人，今天的時間也都是我不配得的額外獎賞。我憑什麼在那些遠比我優秀的人先我而去時，還能擁有今天這一天呢？是由於他們已經達成他們的目標，而我尚待努力達到嗎？這對我來說是不是另一個機會，使我能成為想成為的那種人呢？大自然當中有某個目的嗎？這是我超越他人的一天嗎？

我會把今天當作最後一天活著。

生命只有一次，而生命是空的，只是以時間作為測量標準而已。當我浪費一次時間，同時把另一段時間也浪費掉了。若我浪費掉今天，我就是毀了自己人生的最後一頁。因此，我會把握今天的每一個小時，畢竟時光一去不回頭。我們無法將時間存在銀行裡，然後明天再拿出來用。時間就像風，誰能抓住呢？我會用雙手謹慎地捧住並珍惜每一天的每分每秒，因為時間無價。一個瀕死的人如何能夠用他所有的黃金多買一口氣呢？我怎麼敢為將要來的時間定價？果真要定價，我要說它們是無價的！

我會把今天當作最後一天活著。

我要積極地避免浪費時間，我要用付諸行動破除延宕惡習。我要以信心埋葬懷疑，我要以自信化解懼怕。我不會去聽人家閒話，也不會流連在遊手好閒的境地，更不會跟不務正業的人往來。

我領悟到，若是懶惰，就是從所愛之人手中偷取食物、衣服和溫暖。我不是竊賊，我是一個充滿愛心的人，今天是證明我的愛與偉大的最後機會了。

我會把今天當作最後一天活著。

今日事就必須今日畢。今天我應該趁著兒女還稚嫩時，多抱一抱、摸一摸他們，或許明天他們就離我而去，也可能是我離開他們。今天我會擁抱並甜蜜地親吻我的妻子，但不保證明天她還在我身邊，反之亦然。我今天應該去幫助一位有需要的朋友，明天他就不會再去尋求幫助，我也不會再聽見他的呼喊聲了。我今天會將自己全然奉獻給工作，但明天我就給不出什麼，也沒有人可以獲得什麼。

我會把今天當作最後一天活著。

若這是我的最後一天，就會是我最偉大的紀念日。我會讓這一天成為生命中最棒的一天。我會盡全力充分地運用每一分鐘，我會懷抱感謝之心親嘗這些時間的滋味。我會讓每一天的每一個小時極有價值，也會用每一分鐘換得有價值的東西。我要比過去更加倍努力，鍛鍊我的心志肌肉直到精疲力盡，我會持續這麼做下去。我會比過去更殷勤地拜訪人們，也會比過去銷售更多商品。當然，我會因此增加比過去更多的收入。今天的每一分鐘都會比昨天加倍豐收，我最後的時間必定是最棒的時間。

我會把今天當作最後一天活著。

若今天不是最後一天，那麼我會跪著獻上感恩。

第六卷——羊皮卷

第十三章

我今天要做我情緒的主人

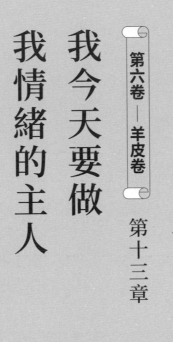

我今天要做我情緒的主人。

海上潮起又潮落，冬天過去夏天來到，暑熱之後氣溫降低；日出日落、月圓月缺；候鳥飛來又飛走，花兒綻放也凋落；撒下種子，就收成滿載，整個大自然就是一個循環不息的態勢。我也是大自然的一部分，所以就像潮汐，我的情緒也會有變化的時候。

我今天要做我情緒的主人。

這是大自然的巧妙之處，我了解得很少，以致我每天早晨起床之時，心境都與昨天有所不同。昨天的歡樂會成為今天的憂傷，而今天的悲傷也能發展成明日的喜樂。在我心裡有個輪子持續地從悲傷轉到喜樂，又從大喜轉到沮喪，從幸福轉至憂鬱。就像花兒，今天綻放快樂的花瓣，終將枯萎、凋謝。然而，我會牢記今天凋謝的花兒仍帶有明天綻放的種子；同理，今天的哀傷也承載了明天喜樂的種子。

我今天要做我情緒的主人。

我該如何主宰自己的情緒，使每一天都能結實纍纍？因為除非我的情緒穩定，否則今天將會是一場失敗。樹和植物端看天候才能繁茂，但我卻自我製造情緒氣候，而且到處傳遞這些情緒。如果我帶著雨、幽暗、黑暗以及悲觀，並且將其帶給我的客戶，那麼他們就會以同樣的方式來回應我，也不會購買我的商品。如果我傳遞喜樂、熱情、明亮和笑聲給我的客戶，他們也會以相同的態度回應我，我的情緒氣候將豐收銷售成果，並帶來滿溢的財富。

我今天要做我情緒的主人。

我如何做我情緒的主人，使得每一天都是快樂日、收成日呢？我會學習這個歷久不衰的祕訣：**弱者容許自己的思想主宰其行動，強者卻讓自己的行動掌握其思想**。每一天，當我早晨醒過來時，在被憂傷、自憐和失敗俘虜之前，我會遵循以下這些戰鬥計畫——

如果我感到沮喪，我就歌唱；如果我覺得傷心，我就笑。若我身體疲倦，我會加倍工作。倘若我感到害怕，我會勇往直前。我若是覺得自己不如人，我就換上新裝。若我缺乏篤定感，我會更大聲地提出意見。如果我覺得自己很貧窮，我會告訴自己財富即將到來。若我覺得自己無能，我會回想過去的成功。倘若我覺得自己微不足道，我會牢記著我的目標。

我今天要做我情緒的主人。

今後我便知道，只有那些能力不足的人才會洋洋得意，而我並非如此。將來必然有些時候，我必須和那些想讓我失敗的力量不斷爭戰；即便是沮喪和憂傷很容易被辨識出來，但那些面帶微笑以友誼之手靠近我的人，也很可能會毀掉我。

我要避免以下這些情況，我永遠不能失去自律——

如果我變得過度自信，我要回顧我過去的失敗。倘若我過度自我放縱貪吃美食，我必須回想過去有一餐沒一餐的時光。如果我感到自滿時，我要好好看看那些競爭對手。若我安逸享受成功的時刻，我就要記住那些承受凌辱的時刻。倘若我自覺萬能無敵，我會試著停止這股狂傲之風。我若是獲得巨大財富時，不能忘記那些食不果腹的人們。如果我變得太驕傲，我會記得過去落魄的日子。如果我覺得自己的推銷技巧所向無敵，我就會仰望星空。

我今天要做我情緒的主人。

有了這項新的知識，我也更能夠了解並認知到我拜訪的客戶的心情。我今天不會介意對方發脾氣以及無理的言詞，畢竟他並不知道自我節制的祕訣。現在我可以承受對方射出的怒箭和污辱，因為我知道明天他將會改變態度，變得和藹可親。

我不會再用一次見面就去判斷一個人，明天我不會不願意去拜訪今天對我釋放敵意的人。今天他不願意用一便士買一輛金色馬車，但明天他可能會願意傾家蕩產交換一棵樹。我對此祕訣的知識將成為使我得到巨大財富的鑰匙。

我今天要做我情緒的主人。

從今而後，我能夠認知且辨識所有人和我自己的情緒變化。現在的我，已經準備好每天控制好任何從我內心喚醒的個人情緒。我會透過正面積極的行動主宰我的情緒，這樣一來，我也同時掌握了我未來的命運。

今天我能掌握我的命運，那麼，我的命運就是成為世界上最偉大的推銷員！

我可以成為我自己的主人。

我將變得偉大！

第七卷——羊皮卷

第十四章

我會以微笑面對這個世界

我會以微笑面對這個世界。

除了人類，沒有任何受造物會笑。樹木受傷時會分泌樹脂，草原上的野獸痛苦或飢餓時會發出哀嚎。然而，只有人類擁有笑的能力，我隨時可以選擇笑或不笑。今後，我會培養微笑的好習慣。

我會微笑增進腸胃道消化能力；我會大笑，這樣我的重擔會輕省一些。我要笑，以增加我的壽命，這是長壽的祕訣，而我現在已經學會了。

我會以微笑面對這個世界。

最重要的是，我會笑自己，因為當人自視甚高時，他就變得很可笑。我永遠不會掉入這樣的心理陷阱，雖然我是大自然最偉大的奇蹟，難道我不也只是像一顆麥穀，被時間的風吹動飄散嗎？我真的知道自己是從哪裡來的、也知道要往哪裡去嗎？我今天關切的焦點，十年過後是否會顯得愚蠢？我為什麼要讓今天發生的小事干擾我呢？今天日落之前會發生什麼對時間長流而言微不足道的事情呢？

我會以微笑面對這個世界。

那麼，當我面對那些冒犯我的人事物、使我哭泣或是咒罵時，我怎麼可能還笑得出來呢？我會訓練自己說六個字，直到這六個字成為我牢固的習慣，每當情緒將要陷入泥淖時，這幾個字就會出口成言。這句話從古時流傳至今，能幫助我通過每一次逆境，並使我的人生保持平衡狀態：「**一切都會過去**。」

我會以微笑面對這個世界。

世界上的一切確實終將過去。當我心痛不已時，我會安慰自己一切都會過去。當我因成功的喜悅膨脹時，我要提醒自己，這一切都會過去。倘若我被貧窮困住，我應該告訴我自己這一切都會過去。當我為財富擔憂之時，我知道這一切都會過去。是的，確實，往昔建造金字塔的人今日何在？難道不是被埋葬在這些石頭裡嗎？而這些金字塔有一天不也會被埋進沙堆？如果所有人事物都會過去，我為什麼還要為今天擔心憂慮呢？

我會以微笑面對這個世界。

我要用笑聲來描繪今天，我要用歌聲來勾勒美好夜晚。我不再辛苦追求幸福，我要保持忙碌而無暇悲傷。我今天會享受今天的快樂，因為它不是可以放在盒子裡的穀粒、也不是可以放在酒瓶裡的酒；快樂無法儲存到明天，它必須在同一天撒種並收穫，從今以後我會這樣做。

我會以微笑面對這個世界。

所有事物會因著我的微笑成為它自己適合的樣子。面對我的失敗我會微笑以對，失敗將消失於雲端，取而代之的是新的夢想。我會對著我的成功微笑，它們必會展現出真實的價值。我會對著邪惡微笑，因為它會在發生危害作用之前死亡。我對良善將微笑以對，它必然成為成長茁壯並且豐盛結果。每一天都會是得勝的日子，因我的笑容會帶來更多他人的笑容，其實這也是為我自己的業務著想，因為我若對他們皺眉頭，他們必不願意向我購買商品。

我會以微笑面對這個世界。

從今而後，我只會流下努力工作的眼淚，因為悲傷、悔恨或是挫折在商場上毫無價值，但每一抹微笑都能夠換取金子，而打從我內心深處說出的每一句親切的話，都能夠建立起一座城堡。

我不會容許自己因為變得多麼重要、多有智慧、多麼威嚴、多有力量，而忘記如何對自己以及自己的世界微笑。在這件事情上，我會永遠像個小孩，只有孩子才能夠永遠尊敬他人，也唯有我這樣做，才不會落入自以為是的境地。

我會以微笑面對這個世界。

只要我能夠微笑，我永遠都不會貧窮。這就是大自然最棒的禮物之一，我不能繼續浪費這個能力；只有微笑與快樂能使我真正的成功。

有了微笑和快樂，才能讓我享受我勞碌工作的成果。若非如此，我很快就會失敗，因為快樂如同美酒，提升餐飲的美味。為了享受成功，我必須擁有快樂，而微笑就會像是女僕般的服侍我。
我會快樂。
我會成功。
我會成為前所未有的偉大推銷員。

第八卷——羊皮卷

第十五章

今天我要將自己的價值倍增百倍

今天我要將我的價值倍增百倍。

一片桑葉在天才手裡成了絲綢。

一方沙土在天才手中建立城堡。

柏樹在天才手中變成了殿堂。

羊毛在天才手中織成國王的衣裳。

如果葉子、泥土、木材和羊毛都可以在人類手中增加百倍的價值，難道我不能同樣的讓自己的身價以百倍增加嗎？

今天我要將我的價值倍增百倍。

我就像一粒麥子有三種不同的未來：可能被裝進一個袋子，然後被拿去放在食槽，用來餵豬；也或許被磨成麵粉，製作成麵包。抑或將其種植於沃土，讓麥子從一粒成長直到結出無數的金色麥穗。

我跟麥粒有一相異之處：麥子無法自己選擇要拿去餵豬、磨成麥粉做麵包，或是種植收成。但我可以自己做出決定，我不會讓自己被拿去餵豬，也不會在失敗與沮喪的大石頭下被磨成麵粉，然後被他人的想法擊垮。

今天我要將我的價值倍增百倍。

為了成長與倍增，我必須在黑暗的沃土裡種下麥種；我的失敗、沮喪、絕望以及無能為力正是我的黑暗，我被栽種在那裡是為了收成。現在，如同麥種得到雨水滋潤、陽光煦煦和溫暖的風就會發出枝芽、長出花朵，我也必須滋養我的身體與心智，以能實現我的夢想。然而，不論是成長或凋零，麥種都必須等候大自然的供應，但我不需要這樣等候，因為我有選擇我自己命運的能力。

今天我要將我的價值倍增百倍。

我要如何達到這個目標呢？首先，我會設定日目標、週目標、月目標、年目標以及我人生的目標。如同雨水必先於麥種破殼發芽，我必須有人生目標之後才有機會結出果實。我會以過去最佳業績作為基準，將目標設定多一百倍。這會成為我往後設定目標的標準。我不會擔心是否將目標訂得太高，難道我將箭瞄準月亮而射得一隻老鷹，不比僅是瞄準老鷹而只是射到石頭更好嗎？

今天我要將我的價值倍增百倍。

我所設定的高遠目標不會使我心生畏懼，或許在我達到這些目標之前經常被絆倒。如果我被絆倒了，我會自己再站起來；我跌倒並不會影響我，因為所有人在成功之前經常會跌倒。只有毛毛蟲才不需憂慮跌倒；但我不是蟲、也不是洋蔥，更不是綿羊。我是人，別人用泥土製造洞穴，我卻要用我的來建造城堡。

今天我要將我的價值倍增百倍。

正如太陽必須溫暖大地，才能讓麥粒生長起來；同理，這些羊皮卷的內容溫暖了我的生命，並且讓我的夢想實現。我今天的表現會比昨天更加卓越。我會以最大的努力攀爬今天的高山，但明天我會爬得比今天更高，後天當然會比明天爬得更高！

超越別人的功績並不重要，天天超越自己的成果才是關鍵。

今天我要將我的價值倍增百倍。

就好像溫暖的風吹熟了麥穗，同樣的風也能將我的聲音帶給那些願意聽的人們，他們聆聽之後就了解我的目標為何。話一旦說出口，我就不能輕易地收回，否則我將顏面盡失。我會成為自己人生的先知，或許人們聽見這些話會譏笑我；但無論如何，他們會聽見我的計畫和夢想，因此我無路可退，直到我說出去的話成為事實。

今天我要將我的價值倍增百倍。

我決不會犯下設定低目標的錯誤。

我會去做失敗者不願意去做的事情。

我會永遠讓自己能達成的限制超過我所設定的。

我不會滿足於自己在商場上的表現。

當我達成目標時，我一定會再提升下一個目標。

我必定會使下一個小時比這一個小時更好。

我會經常向世人宣告我的目標。

然而，我決不會炫耀我的成就，反而要讓世人以稱讚來親近我，而我也能有謙遜的智慧接受。

今天我要將我的價值倍增百倍。

當一粒麥子結出百倍的麥穗，就能長出百棵麥梗；這些麥梗再生長出百倍，這樣成長十次之後，幾乎可以供應世界上所有人了！難道，我連一粒麥子都不如嗎？

今天我要將我的價值倍增百倍。

當我達到一個目標之後，我會持續地再做一次。當這些羊皮卷的內容，在我身上成功應驗之時，世人會對我的偉大感到驚愕、神奇。

第九卷——羊皮卷

第十六章

我現在要付諸行動

我的夢想毫無用處，我的計畫輕如塵土，我的目標無可指望。所有事情都沒有價值，除非我付出行動。

我現在要付諸行動。

無論描繪得多麼仔細或精密的比例，沒有一張地圖可以讓它的主人在地上移動任何一步；無論如何公平，沒有任何一條法律，可以阻止人犯罪。沒有什麼卷軸，即便是在我手上的這些羊皮卷，能夠賺取一毛錢或人的稱讚。只有行動才能使得地圖、羊皮紙、卷軸、夢想、目標成為實際。行動就像食物和水，滋養我的成功。

我現在要付諸行動。

我的拖延惡習使我裹足不前，這惡習從恐懼而生，我從許多勇敢的心靈深處，認知到這個祕密。如今，我知道要想克服恐懼，必須毫不猶豫地行動，方能消除三心二意。如今，我認知到行動力能把對獅子的恐懼化作對螞蟻的鎮定。

我現在要付諸行動。

從今而後，我會牢記螢火蟲教導的一課：牠唯有在飛翔、行動之時發出亮光。我會效法螢火蟲，即便是在白晝，我也會讓自己的亮光被看見。讓他人像蝴蝶一般，梳理牠們的翅膀，卻僅能依靠花朵的恩惠而活。我要當一隻螢火蟲，我的亮光會照亮全世界。

我現在要付諸行動。

我不會把今天該完成的事務拖延到明天，因為我知道明天永遠不會來。即便我知道行動或許無法帶來幸福或成功，但我現在仍須採取行動。因為付諸行動卻失敗，總比不做任何事卻跌撞前進來得更好。事實上，行動或許無法結出幸福快樂的結果，然而沒有行動就沒有任何結果的可能。

我現在要付諸行動。

我會開始行動、我會開始行動、我會開始行動！從今而後，我會不斷重複這句話——每一個小時、每一天，直到這句話就像我的呼吸般習慣成自然，隨之而來的行動就像眨眼般成為本能。

這句話幫助我調整我的心志，以執行達到成功的每一個行動，也幫助我調整我的心志，以迎接每一個失敗者不願面對的挑戰。

我現在要付諸行動。

我會不斷複述這句話。

當我清早從床上跳起來時，我會宣告這句話，這時，失敗者還在賴床呢！

我現在要付諸行動。

我走進商場時，我會說這句話，很快地我就會迎來第一個客戶，這時，失敗者還在想自己可能會遭到顧客拒絕。

我現在要付諸行動。

面對一扇關閉的門時，我會說這句話，並且敲敲門；失敗者遭逢此境時會站在門外頭，內心誠惶誠恐充滿著害怕。

我現在要付諸行動。

當我遇到誘惑時，我會說這句話，同時用最快的速度離開邪惡之境。

我現在要付諸行動。

在我考慮放棄今天，想要從明天開始時，我會說這句話，且即刻去進行另一次推銷業務。

我現在要付諸行動。

只有行動能決定我在商場上的價值；為了增加我的身價，我就必須增加行動。我會去失敗者不敢去的地方，當失敗者想休息時我會工作，他們靜默不語時，我會開口說話。我會去拜訪十位可能購買我商品的人們，但失敗者制定偉大的計畫，卻只是為了要去拜訪一個人。我終將會說：「完成了！」而失敗者卻只能說：「太晚了！」

我現在要付諸行動。

因為「現在」是我所擁有的一切。明天是懶惰蟲的日子，但我不是懶惰蟲。明天是棄惡從善的日子，但我並不邪惡。明天是軟弱者變剛強的日子，但我並不軟弱。明天是失敗者成功的時刻，但是，我並不是失敗者！

我現在要付諸行動。

獅子餓時就覓食，老鷹口渴就飲水。牠們若不採取行動，就會死亡。

我渴望成功，我渴望幸福與心靈平靜。我若不採取行動，就會在誘惑、悲慘、失眠的生活裡死去。

我要命令自己，並順服這些命令。

我現在就要付諸行動！

成功不等人，如果我延遲行動，她可能就會被許配給別人，永遠地離開我了。現在就是行動的時刻，行動就從這裡開始，而我就是那個付諸行動的人。

我現在就付諸行動！

第十卷——羊皮卷

第十七章

我祈求指引

即使沒有信仰的人，遇到重大災禍或心碎時刻，不也會呼求神的保佑嗎？面對危險、死亡、或是超過其經驗及理解範圍的神祕時，有誰不會大聲呼喊呢？在危急時刻，所有這種脫口而出的深層本能究竟來自於何處？

用手在另一個人眼前晃動時，那人會本能性地眨眨雙眼。若是輕敲他人的膝蓋，他的腳就會自主地彈起來。當遇見可怕的場景，那人會不由自主從最深層的本能喊出：「我的天啊！」

我的生命不非得被宗教引領，才能得知大自然這種偉大的奧祕。所有地球上的受造物，包括人類都有這種求救的本能。

我們為什麼擁有這項天賦、這項本能呢？

我們的呼求不也是祈禱的一種形式嗎？人們無法理解這個世界被自然律控制著，讓綿羊、驢子、或是一隻鳥兒，或是人類，擁有求救的本能，並讓某種超凡的力量聽見這些呼求，並作出回應。從今以後，我要祈禱，但我的呼求僅限於引領我走正確的方向。

我永遠不會為了世界上的物質祈禱，我不會要求僕人給我食物，我不會要求旅店老闆給我一個房間住。我也不可能要求有人送我黃金、給予愛、健康、勝利、名譽、成功或幸福。我只祈求引領：為我指出一條使我能得到這些東西的一條路，而且我的祈求永遠都能得到回應。

我祈求的引領或許會成就，也可能不被成全，不過，這兩者難道不也是答案嗎？若孩子跟父親要求一塊麵包卻沒有得到，這不也是父親所給的答案嗎？

我會以一個推銷員的身分祈求指引——

噢！世界的造物主，請您幫助我。我赤身露體而來，若沒有您的雙手引領，我將會在遠離幸福與成功之路上漂流。

我不會向您祈求金子或衣物，甚至我能力可得的機遇。相反的，求您指引我，使我可以獲得適合機遇的能力。

您教導獅子和老鷹如何獵取食物，教導牠們如何使用牙齒和爪子。求您教導我如何運用言語得利，並且因愛而昌盛。這樣我在商場上就成了人中之獅、群眾之鷹。

求您幫助我在歷經困境和失敗中仍保持謙卑，但請不要讓我看不見隨著勝利而來的獎賞。

請給我別人沒能完成的工作，也請您指引我在他們的失敗中獲取成功的種子。請讓我遇見能鍛鍊我精神的恐懼，也求您賜下勇氣讓我微笑面對自己的過慮。

求賜我夠用的時間以達成我的目標，也幫助我猶如最後一天般的度過今天。

用我的話引導我，使其言出必行；讓我對閒言閒語保持緘默，不致傷害別人。

求您訓練我養成不斷嘗試的習慣，也懇求您讓我了解到平衡律的方式。請給予我認知到把握機會的能力，也賦予我耐心使我能集中心力。

讓我培養眾多好習慣，讓壞習慣消逝無蹤。讓我能同情他人的軟弱，讓我知道所有事情都會過去，同時也幫助我數算今天的恩典。

求使我被怨恨，讓我對它不再陌生。但讓我的福杯滿溢愛心，將仇敵轉變為朋友。

然而，唯有您願意給我指引時，這些事情才得以成就。我只是一個抓緊葡萄藤的一顆小葡萄，是您讓我與他人迥然不同。一定有個特別的地方，是您要我去的。求您引導我、幫助我，讓我看見那一條道路。

當您揀選並種下我的種子之後，求您讓我在這個世界的葡萄園裡，成為您計畫中的樣式。

求您幫助我這樣謙卑的推銷員。

神啊！求您指引我！

第十八章 等待已久的那個人

回到哈菲德這裡，他正坐在孤單的大廳裡，等待那一位要接受羊皮卷的人……

回到哈菲德這裡，他正坐在孤單的大廳裡，等待那一位要接受羊皮卷軸的人。這位老者只有那位他信任的人陪伴著，經歷了春夏秋冬，他年老體衰，很快地就什麼事也不能做了，只是安靜地坐在那隱蔽的花園裡。

他等待著。

在他處理自己的龐大財產，並解散了他的商業帝國之後，他已經等待了三年。

有一天，一位瘦小、走路一拐一拐的陌生人從沙漠的東方走過來，他進入大馬士革穿過好幾條街，逕直來到站在哈菲德的大廳前。伊拉斯姆斯向來是心胸寬大、彬彬有禮的典範，但當這位陌生人不斷重複著他的訴求：「我要和你的老闆談話。」他卻堅定地站在門口。

這個陌生人的外表實在很難讓人對他產生信任感。他的鞋子已經被割破，用草繩固定著。他棕色的雙腿也被劃破、擦傷多處，腿上也有不少傷痕。腰上綁著鬆脫、用破布和駱駝毛織成的腰帶。他長長的頭髮糾纏在一起，他的眼睛因為烈日顯得很紅，好像要從裡頭燃燒起來一般。

伊拉斯姆斯緊緊拉著大門的把手：「請問您找我老闆有什麼事嗎？」

陌生人放下他肩膀上的行李，將雙手緊握並向伊拉斯姆斯懇求：「拜託您，良善的先生，讓我能夠見您的老闆，我沒有惡意也不是要求施捨。我只希望他能聽見我的話，如果我的話冒犯了他，我會立刻離開。」

伊拉斯姆斯仍然猶豫不決，他緩慢地打開大門，並向陌生人點頭致意。然後他轉過身，頭也不回地領著那位走路一拐一拐的訪客走向花園。

哈菲德正在花園裡打瞌睡，伊拉斯姆斯依然在老闆面前猶豫著。他咳了一聲，哈菲德動了一下，他又咳了一聲，老者便張開了眼睛。

「老闆，請原諒我打擾您，但我們有一位訪客。」

哈菲德醒來，起身坐好，將眼光轉向那位低著頭說話的陌生人。「請問您就是那位號稱世界上最偉大的推銷員嗎？」

哈菲德皺起眉頭但點了點頭：「那個稱呼的年代已經過去很久了，那桂冠已經不在我頭上了。你找我有什麼事情呢？」

這位小個頭的訪客，很不安地站在哈菲德面前，雙手在他胸前搓揉著。他在柔和的燈光下眨眼，回應道：「我的名字是掃羅，現在我從耶路撒冷回來，要回到我的出生地大數。但是，我請求您，不要只看我的外貌成了您的定見。我不是荒蠻之地的強盜，也不是流落街頭的乞丐。我是大數的公民，也是羅馬公民。我是便雅憫支派的猶太法利賽人，雖然我是織帳篷的工人，卻在偉大的聖經教師迦瑪列門下學習，有些人叫我保羅。」

他晃著身子說話，哈菲德一直到此刻才完全清醒，他懷著歉意搖搖手請這位訪客坐下來。保羅點點頭但仍舊站立：「我來這裡是為了只有您能給予的引導與幫助。您是否能允許我訴說我的故事呢？」

伊拉斯姆斯站在陌生人後頭，用力地搖了搖頭，但哈菲德假裝沒看見。他很仔細地端詳這位打擾他睡覺的人，然後點點頭：「我太老了，所以無法一直抬著頭看你。坐到我腳邊，我願意聽你說故事。」

保羅把他的行李放到一旁，跪著靠近這位默默等著的老者身旁。

「四年前，由於我多年來累積的知識，以及我在真理面前瞎了眼，導致一位叫做史蒂芬的敬虔人在耶路撒冷被石頭打死。我是當下的官方見證人。他因為褻瀆我們的神之罪名被猶太公會判了死刑。」

哈菲德很疑惑地打斷了他的話：「我不懂我與這件事情有什麼關係？」

保羅舉起手，似乎想安撫老者：「我會很快地作說明。史蒂芬是一位叫做耶穌的跟隨者，在前者被石頭打死之前的一年，耶穌被羅馬人以煽動叛亂被判釘十字架。史蒂芬的罪是堅持認為耶穌就是彌賽亞，猶太先知早已預言他的到來，並且聖殿人員與羅馬政府共謀要殺害神的兒子。說出這種冒犯當權的話必死無疑，正如我告訴過您的，我也參與其中。

「不但如此，由於我的盲從與年少輕狂，我得到聖殿大祭司的許可證件，並且授權在前往大馬士革的沿途上找到耶穌的跟隨者，都可以將他們用鎖鏈綑住遣送回到耶路撒冷受審判。我剛說過，這是四年前的事情。」

伊拉斯姆斯瞥了一眼哈菲德，並且大吃一驚，因為這位忠心的管家多年以來都沒有看過老闆現在眼裡的神色。此時，在這個花園裡只聽見噴泉的水聲，一直到保羅再度說話。

「當我內心充滿殺氣地前往大馬士革的路上，突然從天上有強光射下來，我不記得我有被擊倒，但我後來發現自己已經躺在地上，雖然我眼睛看不見了，但我耳朵還聽得見，有個聲音在我耳邊說：『掃羅、掃羅，你為何逼迫我？』我回答：『你是誰？』那個聲音回應我：『我是耶穌，就是你迫害的那位。現在你起來，往城市去，有人會告訴你該怎麼做。』

「我站了起來，我的同伴牽著我進入大馬士革，在被釘十字架的耶穌的某個信徒家裡，我在那裡整整三天無法吃喝。後來，有另一個耶穌的信徒亞拿尼亞來拜訪我。他說他見到一個異象，被命令要來找我。然後，他把雙手放在我雙眼上，我就又能看見了。於是，我能吃喝，我的身體有了力量。」

哈菲德坐在長椅上，向前傾身問道：「然後發生了什麼事？」

「後來，我被帶到猶太人會堂，由於曾經迫害耶穌跟隨者的我出現，讓大家內心感到極其害怕。但是，我仍然對他們講道，這讓他們感到困惑了，因爲我現在傳講的是：那位被釘在十字架上的，確確實實是神的兒子。

「所有聽見我的話的人都心存懷疑，因為事實上我曾帶給耶路撒冷極大的災難。我無法使他們信服我，雖然我已經徹底改變了。很多人策畫要殺害我，我其實是不得已翻牆逃回到耶路撒冷。

「在大馬士革的情況與在耶路撒冷一樣。沒有一個耶穌跟隨者願意靠近我，即便我已經在大馬士革傳講神的話語。不過，我繼續奉耶穌的名，傳講神的話語，但情況並無好轉。我傳講神話語的每個地方的人都不喜歡我，直到有一天我進到聖殿，在聖殿院子看見有人賣鴿子和羔羊用以獻祭，我又聽見了那聲音。」

「這一次耶穌說了什麼？」伊拉斯姆斯還來不及阻止自己就脫口而出。哈菲德對著他的老朋友微笑，並向保羅點點頭示意他繼續說。

「那聲音說：你傳講我的話語已有四年之久，但話語中卻極少改變人心的亮光。即便神的話語必須賣給人們，否則他們根本不想聽。難道我不曾用比喻講道使所有人聽懂嗎？你想要用醋來抓蒼蠅是不可能的。現在，你回到大馬士革去找一位人稱世界上最偉大的推銷員。如果你盼望對全世界傳講我的話語，就讓那人指引你方向。」

哈菲德很快地瞥了阿拉斯姆斯一眼，感受到那個沒說出的問題：難道這就是他們等待已久的那個人嗎？這個偉大的推銷員向前傾身，把他的手放在保羅的肩膀上：「跟我說更多關於耶穌的事。」

保羅說話的聲音生動，充滿新的力量而且非常宏亮，述說著耶穌及他的生平。當這兩個人聆聽時，保羅提到猶太人長期等待一個彌賽亞，他會建立一個幸福、和平的獨立國家來統管百姓。他又提到施洗約翰和耶穌在歷史上的出現，傳講這個彌賽亞行的神蹟奇事、他對群眾的講道、他從死裡復活；他如何對待聖殿院子裡那些對換銀子的人，又談到他在十字架上受死、死後被埋葬，以及第三天從死裡復活的事蹟。最終，猶如給耶穌的事蹟更強大的影響力，保羅伸手到他的行李裡面，取出一件紅色長袍放在哈菲德腳前，「閣下，這就是這位耶穌所留下唯一的世俗的物品。他把一切都賞賜給世人了，甚至是他的生命。在釘死他的十字架之下，羅馬士兵擲骰子決定能擁有這件袍子的人。我還在耶路撒冷時，努力地尋找這件袍子，終於得到它了。」

哈菲德翻看著這件沾有血跡的袍子，他的臉突然變得蒼白，雙手也顫抖著。伊拉斯姆斯對他老闆的表現感到很驚奇，就更靠近這位老者一些。哈菲德繼續翻看著這件長袍，直到他發現那一顆縫在上頭的小星星，這是陀拉的標記，是陀拉的同業公會製造，由巴忒羅斯售出。星星旁邊有一個正方形，裡面有一個圓形，這正是巴忒羅斯的標記。

當保羅和伊拉斯姆斯看著這位老者時，他捧著這一件長袍輕輕地在臉上磨蹭著。哈菲德搖搖頭，心想著這不可能是那一件他給嬰兒蓋上的長袍，在他的年代裡，陀拉每一年製造數以千計的類似長袍，在偉大的商業通道上被巴式羅斯賣出。哈菲德依然抓住這件長袍，以粗啞的聲音低聲說：「告訴我人們所知道耶穌誕生的情況。」

保羅說：「他離開這個世界時一無所有，他來到這個世界時帶得更少。他是在奧古斯都人口普查時，誕生於伯利恆的某個馬槽裡。」

哈菲德對著這兩個人，臉上出現孩子般的微笑。他們二人困惑著，因為哈菲德皺皺的臉上流下兩行淚。他用手擦去臉上的淚，問道：「難怪，當時夜空裡最閃亮的星星，不就是停在這個誕生嬰兒的上空嗎？」

保羅的嘴巴張得很大，一時間說不出話來，此時也沒這個必要了。哈菲德舉起雙手擁抱保羅，這時兩個人的眼淚交錯，已經分不出是誰的了。

最後，老者站了起來向伊拉斯姆斯招招手，說：「忠誠的朋友，請你到塔樓去將小木盒拿來給我。我們終於找到繼承人了！」

i生活 30

世界最偉大的推銷員&神祕羊皮卷

作　　者　奧格・曼迪諾
譯　　者　李怡樺
封面&內文設計　木木Lin　內文排版　陳怡蓁
副總編輯　林獻瑞　　責任編輯　陳怡蓁

社　　長　郭重興　發行人　曾大福
出 版 者　好人出版／遠足文化事業股份有限公司
　　　　　新北市新店區民權路108之2號9樓
　　　　　電話02-2218-1417#1282　傳真02-8667-1065
發　　行　遠足文化事業股份有限公司　新北市新店區民權路108之2號9樓
　　　　　電話02-2218-1417　傳真02-8667-1065
　　　　　電子信箱service@bookrep.com.tw　網址http://www.bookrep.com.tw
　　　　　郵撥帳號 19504465 遠足文化事業股份有限公司
　　　　　讀書共和國客服信箱：service@bookrep.com.tw
　　　　　讀書共和國網路書店：www.bookrep.com.tw
　　　　　團體訂購請洽業務部(02) 2218-1417 分機1124
法律顧問　華洋法律事務所　蘇文生律師
印　　製　中原造像股份有限公司　電話02-2226-9120

出版日期　2023年4月19日初版一刷
定　　價　380元
ISBN　978-626-7279-05-2

國家圖書館出版品預行編目 (CIP) 資料

世界最偉大的推銷員&神祕羊皮卷/奧格.曼迪諾作 ; 李怡樺譯.
－初版. -- 新北市 : 遠足文化事業股份有限公司好人出版 :
遠足文化事業股份有限公司發行, 2023.04
面 ;　公分. -- (i生活 ; 30)
譯自：The greatest salesman in the world.
ISBN 978-626-7279-05-2(平裝)

874.57　　112004155

讀者回函QR Code
期待知道您的想法